小杉健治

集英社文庫

この作品は、集英社文庫のために書き下ろされました。

目次

本文挿絵　横田美砂緒

質屋藤十郎隠御用

第一章　煙草入れ

一

旧暦十月もなかばを過ぎて日増しに寒さも厳しくなり、今朝は庭に置いた桶に氷が張った。いよいよ冬も深まっていく。

その日の昼下がり、木綿の衣服に小倉の帯を締め、木綿紅色の手甲《てこう》をはめ、白足袋に吾妻下駄《あずまげた》、丸い菅笠をかぶり、三味線を抱えた女太夫《だゆう》の一行が浅草田原町《あさくさたわらまち》二丁目の横丁にある『万屋《よろずや》』という質屋の前で門付《かどつ》けをはじめた。

女太夫はときたま門付けに現れる。ふたりとも笠の内で顔は見通せないが顎の線や襟足の美しさが際だっている。

唄は巧みで、声は哀調を帯び、三味線の音締めもよく、その艶のある風姿に見とれていた通り掛かりの者も、次第に唄声に聞きほれていく。

しばらくして、質屋の小僧が紙に包んだ銭を付添いの男に渡すや、男は頭上に乗せた目笊《めざる》に納めた。

やがて、女太夫の一行は質屋の前を去っていく。土蔵造りの質屋の屋根に飾られた将棋の駒形をした看板には「志ちや」と書かれ、隅に万屋藤十郎《とうじゅうろう》とある。

もともと、ここは古着屋があった場所で、跡継ぎがなく廃業したあとに、主人の藤十郎が質屋を開いた。三年前のことだ。

女太夫の一行が去ったあと、番頭の敏八《びんぱち》はいつも不思議な気持ちになる。女太夫が来た日は、主人の藤十郎が必ず出かけるからだ。

ひょっとして、女太夫のひとりと藤十郎は出来ているのではと、勘繰りたくなるほどだった。

ほとんど店を任されているのが番頭の敏八である。敏八は二十八歳。三年前まで、京橋にある大きな質屋に奉公していたが、主人のあまりの強欲さを咎《とが》めるような口をきいたことで店をやめさせられた。口入れ屋からの伝《つて》で、声をかけてくれたのが藤十郎だった。

藤十郎は『万屋』をはじめるにあたり、質屋の経験のある奉公人を探していたのだ。それから、敏八は番頭としてふたりの手代とひとりの丁稚《でっち》小僧とともに店を切り盛りしていた。

儲《もう》けに走らぬこと、客のためになること、そして、なんでも質草に、というのが主人藤十郎の考えで、以前の質屋の主人とはまったく考え方が違っていた。

敏八にとって、藤十郎は謎の男であった。自分のことをまったく語らないからでもあるが、この商売をはじめる前は何をしていたのか、藤十郎がどんな人間であるのか、三年間も番頭として仕えながら、いまだにわからないのだ。

戸口にひと影が射した。敏八が顔を上げると、御高祖頭巾《おこそずきん》の女が入ってきた。武家屋敷に奉公する女のようだ。

帳場格子から出て、敏八は上がり框《かまち》に腰を下ろし女を迎えた。

「へい、いらっしゃいまし」

敏八は感情を面《おもて》に出さずに客を迎えた。

「あの」

女はおずおずした様子で、

「これを入れたいのですが」

と、女物の煙草入《たばこい》れを差し出した。

「拝見いたします」

敏八は煙草入れを受け取った。

漆塗りの煙管《キセル》入れに刻みを入れる革袋がついている。かなりの上物である。

「なかなかよいものでございます。で、いかほどお入りようで」

敏八はこの煙草入れなら十両で売れるかもしれないと踏んで、六、七両を念頭に置いた。だが、それ以上の要求があるかもしれないと思い、まず希望をきいたのだ。

「いかほどでも」

女は迷ったように言う。

「いかほどでも？」

敏八は覚えず問い返した。

「いえ。では、一両を」

女はとってつけたように言った。

「一両でございますか。もう少し、お貸し出来ますが」

もし、期限までに請け出しに来なければ、質流れ品として処分すればよい。一両より五両貸すほうが利子の儲けがある。

この品物はそれだけの価値がある。

「一両で、結構でございます」

今度は、女はきっぱりと言った。

「わかりました」

当座、一両が必要なのだろう。すぐに金の入る予定があるが、それまでの繋《つな》ぎにとりあえず質入れしておこうというつもりのようだ。

しかし、女の身につけているものは安物ではない。帯も博多帯で、金に困っているようには見えない。

さりげなく女の頭に目をやった。頭巾で隠れているが、簪《かんざし》か櫛《くし》でも、いくらかになるだろう。一両でいいなら、そっちを質入れしたほうがよいように思えるが……。

上は大名貸しの大商人や旗本・御家人に金を貸す札差から下は裏長屋の職人、棒手振《ぼてふ》り、日傭取《ひようと》りなどに金を貸す零細な小銭貸しまで、江戸にはさまざまな金貸しがいる。

その中でもっとも質屋が庶民に身近な存在である。質屋を利用するのは裏長屋の住民ばかりでなく、困窮した武士も多い。

そしてなにより、さまざまな事情を抱えた客がやってくる。さしずめ、この客もその中のひとりのようだ。

「では、ここにお名前とお住いを」

敏八は一枚の紙を差し出した。入質証文である。そこに万屋藤十郎の名が書き込んである。その脇に、名前と住いを記入してもらうのだ。

女はしばらく迷っていたようだが、やっと筆をとった。

登勢《とせ》、浅草諏訪町《すわちよう》勘兵衛店《かんべえだな》と流れるような筆跡で書き入れた。

しかし、敏八は長年の勘から、ほんとうのことを書いたのか疑いを持った。

敏八は頭の中で盗品届けの出ている品物を思い浮かべたが、女物の煙草入れはなかったようだ。

もっとも、盗んですぐに質屋に持ち込まれたらわからない。

女はどこかそわそわし、落ち着きがないように思えた。はじめて質屋を利用するからとは違うようだ。

「どなたか身許《みもと》を保証してくださるお方はおいでですか」

敏八は親類か請人《うけにん》の名を訊《たず》ねた。

「いえ。急いでいたもので」

「さようでございますか」

身許が定かでない者には金を貸してはならないというお触れがある。だが、藤十郎は、ひとはそれぞれ言うに言われぬ事情を抱えているのだから身許が不確かでも、貸し付けるという姿勢をとっている。

だが、その判断は藤十郎がすることになっている。

「少々お待ちください」

敏八は奥にいる藤十郎のところに品物と入質証文を持っていった。

「旦那さま。ちょっとよろしいでしょうか」

書き物をしていた手を止めて、藤十郎は顔を向けた。手紙を認《したた》めていたらしい。

藤十郎は三十三歳。細面の眉尻がつり上がり、切れ長の目はいつも遠くを見通しているかのように鋭い光を放ち、高い鼻梁と真一文字に結んだ唇とも相俟《あいま》って、どこか商人にみえない雰囲気があった。

「ただいま、武家の女の方がお見えになり、これを一両で、とのことです」

敏八は藤十郎に品物を渡した。

「ただ、身許を証《あか》すものを持っていないのです」

藤十郎は煙草入れの中を調べた。微《かす》かに藤十郎の眉が動いた。が、それは一瞬のことだった。敏八には気のせいだったかと思われた。

藤十郎は格子の隙間から客の顔を見た。

「念のために浅草諏訪町の勘兵衛店を調べてみましょうか」

「いい。貸してやりなさい」

藤十郎はそう言い、煙草入れを寄越した。

「構いませんか」

「なにやら、わけありだが、ここを頼ってきたのだ」

仮に、浅草諏訪町の住いが出鱈目《でたらめ》だったとしても、質草は値の張るものだから損をするようなことはない。すかさず、そう読み取ったとも考えられるが、藤十郎の黒目がちの目は何か別のものを見ているような気もする。

質屋には駆け込み寺のような役目もあるというのが、藤十郎の持論だった。お触れに反しない限り、客の望みを叶《かな》える。それが、『万屋』の目指すところなのだ。

「畏《かしこ》まりました」

敏八は一礼し、客のもとに戻った。

女は不安そうに待っていた。

「それでは、確かにお預かりいたします」

女はほっとしたように軽く頷《うなず》いた。

敏八は質草の煙草入れを木箱に納め、布に包んで紐で結《ゆ》わえた。

女に一両と質札《しちふだ》を渡す。

「あの、品物を受け取るのは代わりの者でもよろしゅうございますか」

女は縋《すが》るようにきいた。

「ええ。ただし、その場合、質札の裏にそのお方の名前を書いてくださいまし。また、そのお方が当人であるという証のものを持参していただきたく存じます」

「わかりました」

女は軽く会釈して戸口に向かい、戸を開けてもすぐに出ていこうとせず、外の様子を窺《うかが》ってから出ていった。

敏八は小僧の幹太《かんた》を呼んで、煙草入れを土蔵にしまうように命じた。

再び、敏八は帳場格子の中に入った。

いまの取引を台帳につけ、入質証文を綴《と》じた。

それから、四半刻（三十分）後、戸口に現れた男を見て、敏八は顔をしかめた。が、

すぐ表情を元に戻し、

「これは親分さん」

と、いつもの調子で声をかけた。

蝮《まむし》の吾平《ごへい》と呼ばれる岡っ引きだ。三十半ばを過ぎているだろうか。生白い顔で、唇が薄く、舌が赤くて長い。話しながら、何度も舌なめずりをする。まるで蛇のようで、不気味な男だ。執念深く、世間から蛇蝎《だかつ》のごとく嫌われていることをかえって得意がっているようなところがある。

「どうだ、変わったことはねえか」

吾平はずかずかと帳場格子まで近づいてきた。

「はい。ございません」

敏八は内心の軽蔑を隠して答える。吾平は、小遣い銭稼ぎに、あちこちの商家に顔を出しているのだ。

「主人はいるのか。いたら、呼んでもらおう」

そう言い、煙草入れを取り出した。

「はい。ただいま」

敏八が立ち上がろうとする前に、藤十郎がやってきた。

「何か御用でございますか」

藤十郎は静かに訊ねる。

「おう、藤十郎。ちょっと調べたんだが、おめえのところはお触れに逆らって、ずいぶんいいかげんな商売をしているな」

わざとらしく、吾平は大声を出した。

「どういうことでございますか」

「とぼけるんじゃねえ。質草をとるには身許が確かな者でなければならないんだ。それを、誰彼なしに金を貸しているそうじゃねえか。それだけじゃねえ。安く質草を受け取るが、その代わりに利子を高くとっている。そんな苦情が届いている。どうなんでえ」

吾平はまくしたてた。不気味な顔なので、迫力がある。敏八は身をすくめて成り行きを見守っていた。

「私どもは決まりどおりに商売をしております」

「しかし、現に泣いている客がいるんだ」

敏八は脇で聞いていて、吾平の難癖が腹立たしかったが、藤十郎は顔色ひとつ変えず、落ち着きはらっている。

「では、そのお客さんを連れてきていただけませぬか」

「なにも、そこまでする必要はねえ。俺に任せてもらえれば、そんな苦情、押さえてやる」

「いえ、私どもはそんな商売はしておりませぬ。が、もしそうであれば、何があったのか十分に調べて善処したいと思います。どうぞ、お連れください」

藤十郎は一歩も引かずに言う。

「よし、わかった。連れてくる」

吾平は口許を歪《ゆが》めて言った。

「親分さん。御用はそれだけでございましょうか」

藤十郎が平然ときいた。

「なに？　さっさと帰れっていうわけか」

「はい」

「この野郎」

吾平は顔をしかめた。

「親分さん。おかみのご威光を笠に着て威張られるのはいかがなものでございましょう。そのうちに、後悔することになりますよ」

「なんだと」

吾平は顔を朱に染めた。

「最近、おかみのご威光を笠に着て、ゆすりたかりまがいのことをする輩《やから》が多いと聞いています。まさか、親分はそのようなお方ではないと思いますが」

「きさま」

吾平は眦《まなじり》をつり上げた。

「金の無心で来られるのは迷惑にございます。これは私どもだけではない。他の商家に対しても同じ」

「覚えていろ。いつか、おめえの尻尾《しっぽ》を摑《つか》んでやるぜ。おめえが裏で何をしているか、きっと暴《あば》いてやる」

吾平は捨てぜりふを残して引き上げていった。

「旦那さま、だいじょうぶですか」

敏八はまだどきどきしていた。

「心配いらない」

藤十郎は表情を変えることなく立ち上がった。

吾平は執念深い男だ。あとの仕返しが怖いと、敏八は身がすくむ思いがした。

それにしても、主人の藤十郎はまだ三十そこそこだというのにどれだけ度胸が据わっているのだろうか。

案の定、藤十郎は外出した。さっきの女太夫と待ち合わせているのではないか。敏八にはそう思えてしかたがない。

外に出た岡っ引きの吾平はいまいましげに、ちくしょう、と吐き捨てた。

「親分。どうでした？」

寒そうに待っていた子分の喜蔵《よしぞう》がきく。

「あのやろう。俺を虚仮《こけ》にしやがって」

「親分に逆らったらどうなるか思い知らせてやりますかえ」

「何かうまい手はあるか」

吾平は顎をさすった。

この質屋は、ただの店ではないと、吾平は睨《にら》んでいる。ときおり、旗本の用人ふうの武士が出入りしている。それも、大身《たいしん》の旗本だ。

小禄の旗本や御家人ならともかく大身がこのような質屋を利用するとは思えない。大身ならば借りる金は千両単位になるはずだ。それほどの大金を、『万屋』が工面出来るとは思えない。

仮に、それだけの金を貸しているとしたら、その資金はどこから出ているのか。裏に何かある。吾平はこういう嗅覚は敏感だ。

うまくいけば、金になる。吾平はそう踏んだ。だが、主人の藤十郎は吾平の威《おど》しに一歩も引かない。

いったい、万屋藤十郎という男は何者なのか。どんな人間でも、岡っ引きを恐れないものはない。吾平に逆らえば、罪をでっち上げてでも、相手を叩《たた》きのめす。そのことを知らぬはずはあるまい。

なぜ、藤十郎は動じないのか。腹が据わっているのか、それとも何事にも鈍感なのか。ただ、この手の人間は弱みを掴んだらあっけなく言いなりになる。

「親分。盗品をつかませてやるってのはどうです？」

「盗品？」

「でっち上げるんですよ」

「そうだな」

吾平はにんまりした。

「昔の仲間で、使えそうな男を見つけてきやすよ」

喜蔵は着物の裾をつまんで、すぐにでも駆け出していこうとした。

「待て。手頃な男がいる。俺に任せろ」

「へい」

『万屋』の看板を睨み付け、「藤十郎、吠《ほ》え面《づら》をかくなよ」と吾平は醜く顔を歪めた。

暮《くれ》六つ（午後六時）の鐘を聞いてから、敏八は暖簾《のれん》を片づけ、店を閉めた。藤十郎はまだ帰っていない。

敏八は小僧にちょっと出てくると言い、『万屋』をあとにした。

居酒屋の提灯《ちょうちん》の明かりがきらきら輝いている。寒そうに背を丸めた職人とすれ違った。

主人の藤十郎はあっさり受け取ったが、敏八は女が気になった。なぜ、あの煙草入れを質入れしたのか。

駒形町《こまがたちょう》に出て、蔵前に向かう通りに入った。片側に料理屋が並び、軒行灯《のきあんどん》が明かりを灯《とも》している。その前を素通りして、敏八は女の住いがある諏訪町にやってきた。

まず、木戸番屋に寄った。自身番と向かい合っている。

草履《ぞうり》、炭団《たどん》などを売っているが、冬場は店先に焼き芋も置いて売っている。

「勘兵衛店はどちらでしょうか」

無精髭《ぶしょうひげ》に白いものが目立つ木戸番の男、いわゆる番太郎にきいた。番太郎は夜は拍子木を打って夜警をし、また時刻も知らせる。町のことには詳しいだろうと思ってのことだ。

「勘兵衛店？」

番太郎はきき返してから、すぐ首を横に振った。

「いや。そんな長屋はねえな」

「ない？ それはまことで？」

敏八は確かめた。

「ああ、俺は町内を見回っているが、そんな名前のところは聞いたことがねえ」

「長屋ではなく、一軒家では？」

あの女の身なりは長屋住いのものではない。一軒家を借りているのではないか。

「どうかな」

番太郎は首を傾《かし》げてから、

「ちょっと待っていな。自身番できいてやろう」

と、向かいにある自身番に向かった。

玉砂利を踏んで、番太郎は奥に向かう。敏八もついていった。自身番には、家主や町で雇った番人が詰めている。

「おや、何かありましたか」

小肥《こぶと》りの家主が番太郎にきいた。

「へえ。こちらさんが勘兵衛店を訪ねてきたんですがね」

敏八は会釈した。

「勘兵衛店に住むお登勢というひとを訪ねたいのですが」

家主は奥にいる別の家主や番人などに確かめた。

顔を戻してから、

「勘兵衛店はないと思いますが」

家主が答えた。

「そうですか。ありませんか」

半ば予期していたので、敏八はそれほど驚きはしなかった。念のために、町内を歩き回り、惣菜屋や八百屋などでもきいてみたが、やはり該当する女はいなかった。

『万屋』へ帰ると、藤十郎が帰ってきていた。そして、藤十郎をはじめ手代に小僧、それに下男、女中まで夕餉《ゆうげ》の箸をとらずに敏八を待っていた。

「あっ、申し訳ございません。遅くなりました」

敏八は恐縮して自分の膳の前についた。

「では、いただきましょう」

藤十郎はいつも奉公人といっしょに食事をとる。下男も女中もいっしょだ。はじめは驚いたが、いまでは身分にかかわりなくいっしょに食事をするのが当たり前になっていた。

ただ、離れに住んでいる如月源太郎《きさらぎげんたろう》という用心棒の浪人だけは勝手気ままで、たいがい、近くの一膳飯屋で食べている。

藤十郎は無駄口は一切きかない。感情も面に出さない。いったい、どんな人間なのか、身近に接している敏八にもわからない。

まだ、独り身だ。藤十郎はあの女太夫のどちらかとただの仲ではないように思える。

ただ、女太夫は門付け芸人であり、町人との身分差がある。遊びならともかく、真剣なつきあいは不幸のもとだ。

敏八はそんなことを考えながら食事を終えた。

二

飾り職人の文吉は酒を呑《の》みたいという欲求と闘っていた。酒を断って三年。きょうまで頑《かたく》なに守ってきた。

だが、きょうはささやかながらも祝杯を上げたい気分だった。大店《おおだな》の旦那からの注文を任され、簪に菊の花の図柄を彫った。それが仕上がり、旦那に届けたところ、見事な出来だと満足してくれたのだ。

自分が精魂を込めて彫ったものが褒められるのはうれしい。依頼主の旦那がほんとうに気に入ってくれたのは、祝儀を弾んでくれたことでもわかる。

この祝儀を入れたら、とうとう念願の二十両に達する。こんなめでたい日ぐらい、一本呑んでもいいだろう。そう思った。この三年、あれだけ好きだった酒を断って、がむしゃらに仕事一途で頑張ってきたのだ。

自分への褒美だ。そう思ったが、もうひとりの自分の声がした。いけねえ、それが間違いのもとだ。一本が二本に、二本が三本に、そしてあとはお定まりの酒乱だ。いま呑んだら、また以前のように酒浸りの生活に戻ってしまう。この三年間の苦労も水の泡だ。

葛藤が続いた。

文吉が浅草阿部川町《あべかわちょう》の掃き溜《はだ》め長屋に移った三年前、新堀川《しんぼりがわ》にかかる菊屋橋《きくやばし》の袂《たもと》に新しく開店したのが、この一膳飯屋『おらく』である。

男勝りの女将《おかみ》のおらくは大年増《おおどしま》だが男好きのする顔だちで、小さな受け口が色っぽく、おらく目当ての客も多い。定食だけでなく、酒も出すので、近くに住む職人や行商の男たちでいつも賑《にぎ》わっていた。

これまで、酒の匂いを嗅いでも、酒に酔って上機嫌な客を見ても、文吉は酒を呑みたいとは思わなかった。

だから、たった一本ぐらい呑んでもあとを引くようなことはない。きょうまで強い意志で酒への欲求を押さえ込んできたのだ。一本呑んだぐらいで、元に戻るような弱い心はもうないはずだ。

誘惑が勝った。

「女将。一本、つけてくれないか」

文吉は通り掛かったおらくに少し遠慮がちに言った。

「えっ、お酒？」

おらくが目を丸くした。

「ああ、きょうはいいことがあったんだ。だから、なんだか呑みたくなってね」

文吉は照れながら答えた。

「でも、文吉さん、下戸《げこ》なんでしょう」

目尻に小皺《こじわ》が目立つが、まだ色香は失せていない。おらくは三十三歳になる文吉より幾つか下のはずだ。文吉もおらく目当ての客と思われているかもしれない。

「まったくの下戸でもねえんだ」

おらくは、文吉が酒を断った事情を知らない。ひとから酒を勧められて困らないように、下戸だと言ってあるだけだ。

「少しぐらいは呑めるさ」

「そうね。少しぐらいは呑めないとね」

おらくは微笑《ほほえ》んでから板場に向かった。

目当てとしてきた二十両が貯《た》まった。よくぞ、この三年間、頑張ったものだ。文吉は自分でも感心する。

この金を持って、深川浄心寺《ふかがわじようしんじ》裏を訪ねるのだと、文吉はさっきからそう思うたびに心が弾んでくる。

いまもあそこに住んでいるかどうかわからない。おけいはとうに再婚しているかもしれない。長太《ちょうた》だって、俺のことなど忘れちまっているかもしれない。

だが、様子を見に行ってみよう。もし、まだあそこに住んでいて、おけいが独り身だったら、復縁を持ちかけるのだ。二十両が文吉のいまを物語ってくれるはずだ。

「お待ちどおさま」

おらくが酒を持ってきた。

「すまねえ」

文吉は徳利を受け取った。徳利をつまんだときの感触と酒の匂いが懐かしかった。

そのとき、おらくが戸口に向かって叫んだ。

「こら、もう来てはだめだと言っただろう」

文吉が顔を向けると男の子が立っていた。一瞬、心の臓の動きがおかしくなった。長太のことが脳裏を過《よぎ》ったのだ。

「何も上げるものはないよ。さっさとお行き」

おらくは邪険に子どもを追い払った。

「そんなこと言わないでおくれな。残りものでいいだ」

十歳ぐらいだ。文吉は目をぱちくりさせてもう一度、男の子を見た。継《つ》ぎ接《は》ぎだらけの着物一枚を身にまとっただけの薄着だ。素足にすり減った下駄を履いている。

「お客さんの迷惑だよ。おまえにやる酒なんてないよ」

「おい、小僧」

文吉は男の子に声をかけた。

「おじさん。くれるのか」

男の子がそばにやってきた。手に塗りの剝げた瓢簞《ひょうたん》徳利を提げている。

「こら、汚いからお店に入るんじゃないって言っただろう。早く、出ていきな。行かないと、こうだよ」

おらくが男の子の頭を叩こうとした。

「まあ、待ちなよ」

他の客も眉をひそめて男の子を見ている。

「文吉さん。この子を相手にしちゃだめですよ。どうせ、呑んだくれの父親に言われてやってきているんだろうから」

おらくが遠慮なく言う。

「おめえ、おとっつあんに言われて来たのか」

「違う」

首を横に振った。

「じゃあ、なぜ、おめえはこんな真似《まね》をする？」

「だって、おとっつあんは呑みたい酒も呑まないで働いているんだ。だから、少しは呑ませてやりたいんだ」

「ほう、ずいぶん親孝行だな」

「別に」

男の子は照れたが、すぐに、

「おじさん、少しでいいんだ。わけてくれよ」

と、ねだった。

「おとっつあんは何をしているんだ？」

「毎日、外を歩き回っている」

「ほう、行商か」

「まあ、そんなところだ」

「おっかさんは？」

「文吉さん。くせになるから、かまっちゃだめだよ」

おらくが口を入れる。

まあまあ、とおらくをなだめ、文吉は男の子にきいた。

「おっかさんは達者なのか」

男の子は俯《うつむ》いた。

「おっかさんは、おめえがこんな真似をしているのを知っているのか」

「おじさん、いい加減にしてくれ。酒をくれるのかくれないのか、はっきりしてくれよ」

「こら、生意気言うんじゃないよ」

おらくがまた叱った。

「よし、わかった。それを寄越せ」

文吉は男の子が持っている瓢箪徳利を指さした。

「ほんとかえ」

「ああ、ほんとうだ」

「じゃあ、これ」

瓢箪徳利を受け取った。

「おや。少し入っているじゃねえか」

「うん。よその店でかき集めてきた」

男の子は悪びれずに言う。

「これに足していいのか」

「ああ、いいぜ」

「よし」

瓢箪徳利の栓を抜き、文吉は自分の徳利の酒を全部空けた。

「よし。だいぶ、たまった。今夜はこれで帰れ」

「わかった。おじさん、ありがとう」

瓢箪徳利を両手で胸に抱くようにして、男の子は弾んだ足取りで去っていった。

「いいかえ。もう二度と来るんじゃないよ」

外まで追い掛け、おらくが男の子の背中に叫んだ。

「ほんとうにずうずうしいったらありゃしない」

おらくが戻ってきて、

「あんな真似したら図《ず》に乗るだけだよ」

文吉に不平を言った。

「どこの子だえ」

「雨垂れ長屋の鋳掛け屋《いかけや》の子どもですよ」

「鋳掛け屋か」

鍋や釜などの修繕をする商売だ。一日、歩き回っても、たいした稼ぎにはならないかもしれない。

「おやじってのは、そんなに呑み助か」

「そうでしょうよ。子どもにあんな真似をさせて……。子どもが悪いわけじゃないんですけどね」

「母親はどうしているんだ？」

「詳しく知らないけど、出ていったらしいわ」

「出ていった……」

文吉は微かに胸が疼《うず》いた。

自分の境遇と重なったのだ。

「文吉さん。お酒、どうする？　もう一本、つけようか」

おらくが声をかけた。

「いや。いい」

いまの子どもが長太に代わって、酒を呑むのを引き止めてくれたような気がした。もし、一口でも呑んだら、後を引いてやめられなくなっていたかもしれない。

酒を呑むなという天の声のような気がした。

いまごろ、長太はどうしているだろうか。おけいは達者でいるか。

文吉は腕のいい飾り職人だった。いずれ、親方のところから独り立ちし、そして若い職人を育て、親方になる。

そんな夢を酒がだいなしにしたのだ。

あれは、三年前の御酉様《おとりさま》、一の酉の夜だった。働いていた飾り職の親方の家で、仕事のあと打ち上げがあり、酒盛りになった。

取引のある小間物屋からのたくさんの注文を親方と弟子総出でこなし、約束の日までに仕上げたのだ。その労に報いて、依頼主から角樽《つのだる》が届けられた。

機嫌よく呑んでいたのは最初の半刻（一時間）ばかりで、酒がまわってきた文吉は親方に不満を言い出した。

「親方。いつも、同じような仕事じゃ、腕が上達しねえ。そりゃ、金にはなるかもしれねえが、もっといい仕事をしねえと」

「文吉。そうは言うが、おめえの言うような仕事など滅多にあるわけはねえ」

頑固そのものの顔つきをした親方は口許を歪めて言った。

「じゃあ、いつまでも同じことをさせておくつもりですかえ」

「…………」

「親方。あんたは自分の腕に自信がないから、あんな仕事しか請けねえんだ」

自分でも、どうしてそんな台詞《せりふ》が口をついて出たのかわからなかった。ただ、毎日、同じことの繰り返しでうんざりしていたことは事実だ。

「なんだと。文吉。てめえ、もう一遍言ってみやがれ」

親方が怒鳴った。

「文吉。親方に向かってなんて口をきくんだ」

兄弟子が間に入った。

「兄貴は黙っててくれ。この際だから言わせてもらう。今回の簪だって、たまたま図柄が当たっただけで、あんな彫り物、新米の職人でも出来る。そんなの俺たちが仕上げたからって、何になるんだ」

「文吉。黙りやがれ」

兄弟子が大声を張り上げた。

「片手間に出来るような仕事を終えたからといって、こんなどんちゃん騒ぎ。職人として恥ずかしいぜ」

文吉は歯止めがきかなくなっていた。

「てめえが呑んでいる酒はなんだ？　そんな恥ずかしい酒を呑んで何を言いやがる。文吉、てめえ、目障《めざわ》りだ。帰れ」

兄弟子が眦をつり上げた。

「ふん。満足な仕事も出来ねえのに兄貴面しやがって」

「なんだと。この野郎」

酒に酔った文吉は兄弟子にも悪態をついたのだ。そのあとのことは覚えていなかった。暴れたらしい。兄弟子に怪我をさせた。

酔いが醒めたのが二日後の朝で、覚えてはいなかったが、何かとんでもないしくじりをしたという気はしていた。

おけいが兄弟子の治療費を払い、親方や他の弟子にも頼み込み、岡っ引きにも袖の下を握らせ、どうにかお縄にならずに済んだ。

文吉は親方に詫《わ》びを入れに行ったが、冷たい言葉が返ってきた。

「おかみさんの情にほだされ、お役人へ突き出すことはよしたが、もうだめだ。おめえには、ほとほと愛想をつかした。やめてもらうぜ」

親方は突き放すように言った。

「やめる？」

脳天を一撃されたような衝撃だった。まさか、やめさせられるとは思ってもいなかった。

「親方。そればかしはなんとか」

文吉は縋りついた。

「だめだ。てめえはいい腕を持っていながら酒に溺れて、つまんねえ騒ぎを起こす。その繰り返しだ。もう、おめえの性根《しょうね》はなおらねえ。それに、他の者ももういっしょに仕事はしたくねえと言っているんだ」

「兄貴」

文吉は兄弟子に取りなしを頼んだ。だが、冷たく蔑むような目で見ているだけだった。

「さいですか」

文吉は力なく呟《つぶや》いた。

「もう、金輪際うちの敷居をまたいでくれるな」

文吉は悄然《しょうぜん》と親方の家をあとにした。

そして、長屋に帰ると、おけいと長太がいなくなっていた。途方にくれていると、大家の佐兵衛《さへえ》がやってきて、

「ふたりは、いま別のところに移らせた」

と、切り出した。

「移ったってえのは？」

「いいか。おけいさんもおまえには愛想をつかしたそうだ。おめえの尻拭いばかりしてきたおけいさんの身にもなってみろ。いや、おけいさんも悪い。おめえをかばい続けてきた。それが、逆におめえをだめにしているんだ。これ以上、ふたりがいっしょにいたんじゃお互いのためにならねえ。子どもにも、よくねえ」

「へえ」

文吉は涙が込み上げてきた。大家は別れろと言っているのだ。

「おめえがここに住むなら住んでいてもいい。おけいさんと長太が出ていく。だが、俺

はおめえが出ていくべきだと思っている」

佐兵衛は厳しい顔で続けた。

「今度の件で、おけいさんはおまえを助けるためにいくら借金をしたと思っているんだ。方々から二十両を借りた。それを、これからおけいさんは返していかなきゃならねえんだ。おめえに心があるなら、まっとうに働いて二十両をおけいさんに返すんだ」

話を聞きながら、文吉は嗚咽《おえつ》をもらした。

そして、佐兵衛が文吉に言った。

「いいか、文吉。三年間、死ぬ気で働け。そして、働いた金で二十両を貯めて、おけいさんの前に戻ってこい。そうだ、三年後の一の酉までに二十両、耳を揃《そろ》えて持ってこい。いいな。おけいさんにもそう伝えておく」

「文吉さん。どうかしたのかえ」

おらくの声で、文吉は我に返った。

「いや、なんでもねえ」

巾着から銭を出し、文吉は立ち上がった。

よし、二十両を持って深川浄心寺裏を訪ねてみよう。

三

数日後の夕方。暮六つの鐘が鳴り出すと、後ろのほうで道具を片づけはじめる音がした。親方の福造《ふくぞう》だ。大きな仕事が終わったあとで、いまは暇な時期だ。他のふたりの職人も、作業を終えた。

文吉は区切りのいいところで手を止め、台の上の毛彫り鏨《たがね》や片彫り鏨など、種類の多い鏨を道具箱に仕舞った。すでに、ふたりの職人は自分の部屋に引き上げていた。ふたりは住み込みだ。

文吉は立ち上がり、膝のゴミを払ってから、親方の福造の部屋に行った。親方もすでに作業場から居間に引き上げていた。

「親方。文吉です」

文吉は廊下から障子越しに声をかけた。

「おう、入れ」

「失礼します」

文吉は障子を開けて、体を滑り込ませた。

親方は長火鉢の前で長煙管をくわえていた。

「親方。申し訳ありませんが、明日は休ませていただきます」

「おう。いよいよだな」

親方は目を細めて続けた。

「仕事もちょうど一段落したところだ。気兼ねしねえで、行ってきな。三年間、感心なほど頑張ってきたんだ。かみさんや子どもの様子を見てくることだ」

親方には大まかな事情を話してある。

文吉が深川を出て落ち着いたのは浅草だった。出来るだけ深川から遠い場所に行こうと市ヶ谷・大久保辺りを考えたが、心の隅にどこか深川と繋がっていたいという思いがあったのか、気がついたとき、足は山谷《さんや》のほうに向かっていた。

その辺りからなら舟で深川に行ける。もっとも、そんな真似は出来ないが、それでも深川と舟で繋がっているというだけで心のよりどころになった。

最初は聖天《しょうでん》裏の棟割長屋に住み、棒手振りで行商をはじめた。箒《ほうき》や薪などを売って歩いた。

たまたま、稲荷町《いなりちょう》を流していると、戸障子に簪と小槌《こづち》の図柄が描かれた家の前に差しかかった。隅に、丸に福の字。

その家から出てきた内儀《おかみ》さんが箒を買ってくれた。代金を受け取ったあと、文吉は職人の仕事振りを眺めていた。そのとき、指先が動いていたのを、福造が見ていたのだ。

文吉は自分が彫り物をしているような気になっていた。

指に胼胝《たこ》が出来てるな。おめえさん、ひょっとして彫っていたことがあるんじゃねえのか。福造が声をかけてくれたことから、文吉は『彫福』で働くようになった。

酒でしくじったことも、前の親方とのこともすべて話した上で、文吉を働かせてくれた。

「じゃあ、これ」

内儀さんの声で我に返った。

「二十両あるからね」

「すいません」

文吉は押しいただいた。

「いやだよ、自分のお金じゃないか」

お金を内儀さんに貯めてもらっていたのだ。

「しかし、よく頑張った。三年でよく貯めた」

親方が感心して言う。

「これも、おめえにいい腕があったからだ」

「へえ、ありがとうございます」

商家の旦那から特別の注文の飾り簪を彫ったり、建具屋から頼まれて箪笥《たんす》の金具に複雑な模様の彫り物をしたり、さるお武家からの依頼で、刀の鍔《つば》に龍を彫ったりと、自分なりに工夫をして誂《あつら》えの品を作ってきた。みな、依頼主に満足してもらったのだ。親方が、そういう仕事をさせてくれたからこそ、三年間で二十両も貯めることが出来たのだ。

「いいか。縒《よ》りが戻るものなら、そうするんだ。いまのおめえならだいじょうぶだ」

「へえ」

「ただし、かみさんが別な暮しをしていたとしても、決して恨んじゃいけねえぜ。その場合でも、その金は渡してこい。いいな」

「へい」

親方夫婦の思いやりに、文吉は素直に頷いた。

おけいと長太が、まだ深川浄心寺裏に住んでいることを福造親方が調べてくれた。といっても、それは一年前のことだ。

この一年で、どう状況が変化したか、わからない。

「じゃあ、あっしはこれで」

文吉は腰を浮かした。

「あっ、ちょっとお待ちな」

内儀さんが巾着から銭を出した。

「これで、おかみさんと子どもに何か買っていっておやり」

「とんでもない。こんなことまでしていただいちゃ」

　文吉はあわてて辞退した。

「何を言うのさ。遠慮はなしだよ」

「文吉。とっておけ」

　親方が笑った。

「へい。親方、内儀さん。ありがとうございます」

　涙がこみあげそうになり、文吉はあわてて、

「じゃあ、失礼させていただきます」

「うむ。うまくいくことを祈っているぜ」

　親方の声に深々と頭を下げ、文吉は親方の家を出た。

　外に出ると、冷たい風が吹いていた。

　もう御酉様の季節だ。寒いわけだ。文吉はいつだったか、長太の手を引き、おけいと三人で御酉様に出かけたときのことを思い出した。

　ものすごい人出で、鷲《おおとり》神社に近づくと押し合いへし合いだ。あぶないので、長太を肩車して雑踏から逃れたこともあった。

　あのとき、小さな熊手を買った。長太がその熊手を持ってはしゃいでいたのを思い出す。目頭が熱くなって、文吉は顔を伏せ、向こうからやってくるひととすれ違った。

途中、新堀川沿いにある一膳飯屋の『おらく』に寄った。

「いらっしゃい」

女将のおらくが元気のよい声で迎えた。

いつも文吉が座る場所に先客がいた。髭面の大柄な浪人と羽織を着た三十過ぎの渋い感じの男だ。ふたりは差し向かいで、酒を呑んでいた。

文吉は奥の空いている場所に座った。ちょうど、羽織姿の男の顔が真正面に見える。色白で逆八の字の眉、目元は涼しげだ。格子縞の着物に博多帯。どこか威厳のようなものが感じられた。

このような場所には不釣り合いな男だ。目の前の浪人は茶碗に酒を注いで豪快に呑んでいた。

「丼をくんな」

文吉はいつもの深川飯《ふかがわめし》を頼んだ。

「あいよ」

おらくが威勢よく声を返す。

客がどんどん入ってきて、文吉は場所をずらす。

おらくが丼を持ってきた。

「すまねえ」

丼を受け取る。

あさり汁のかかった飯をほおばっていると、正面にいた男と浪人が立ち上がった。革の財布から銭を出し、男は浪人といっしょに店を出ていった。

「いまのひと、誰だい？」

文吉はおらくにきいた。

「あら、文吉さん、知らないのかえ」

おらくがわざとらしく大仰に言った。

「なんだ、そんなに有名なひとなのか」

「有名とかじゃなくてさ、私たち貧乏人が世話になっているところの旦那だよ」

「貧乏人が世話になっている？」

「あら、文吉さんは世話になったことないのね。質屋よ。田原町にある『万屋』のご主人の藤十郎さんだよ」

「万屋藤十郎……」

そういえば、朋輩《ほうばい》が話していたことを思い出した。

質屋に縁のない暮しをしてきたわけではない。すべて、おけいがやっていたから、文吉が直接行くことがなかっただけだ。

飯を食べ終わり、文吉は小上がりから下りた。

勘定を払うとき、

「例の子ども。まだ、やってくるのかえ」

思い出してきいた。

「ああ、瓢箪徳利の子ね。そういえば、あれから、顔を見せないわ」

おらくは興味がなさそうに答えた。

外に出たとたん、冷たい風が足元から強く吹き上げてきた。ぶるぶると体を震わせ、風をやり過ごしてから文吉は歩き出した。

底冷えがする。男の子のことが頭から去らない。

継ぎ接ぎだらけの薄着で素足だった。寒そうな姿が浮かぶ。最近、姿を見せないというのはどういうことか。

長太と重なるせいか、文吉は気になった。

長屋に戻ろうとして、迷った。

雨垂れ長屋は確か通りをふたつ越した町外れにある長屋だ。様子だけでも見てこようと、文吉は雨垂れ長屋へ足を向けた。

家々の窓に仄《ほの》かな明かりが見える。家の中には家族が寄り添い、寒さを吹き飛ばすような団欒《だんらん》があるのだろう。

三年前の一の酉までは、文吉もそういう家庭を持っていたのだ。身から出た錆《さび》とはいえ、切なかった。

どこかの家の物干し台で洗濯物が風に煽《あお》られていた。夜空には悲しいまでに星が煌《きら》めいている。

雨垂れ長屋の近くで、文吉は足を止めた。木戸口に二十三、四と見える女が路地の様子を窺うように立っている。そして、いきなり逃げるように、小走りでその場から離れた。

すれ違いざま、目に飛び込んだ女の顔は夜目にも蒼白《あおじろ》く強張《こわば》っているように見えた。泣いていたのかもしれない。

文吉は去っていく女を見送った。思い詰めた表情が気になった。文吉は放っておけなくなって、女のあとを追った。

女が新堀川を渡っていくのが見えた。様子が尋常ではない。まさかと思ったが、ともかく確かめなければならない。

小さな寺が並んでいる一帯に入った。女は竜宝寺《りゅうほうじ》という寺の山門をくぐった。寺に入ったのを見て、文吉は自分の思い過ごしだったかもしれないと思った。

悩みがあって、寺に救いを求めに行くところだったのだろう。死ぬような真似をするのではないかと思ったのはとんだ早とちりだったか。

文吉は引き返し、改めて雨垂れ長屋に向かった。

冬の夜道は暗く、寂しい。長屋に着いて、木戸をくぐった。さっき女が覗《のぞ》いていた路地をどぶ板を踏んでいく。九尺二間の棟割長屋だ。両側の長屋の庇《ひさし》が迫っていて、月明かりも届かず暗かった。

腰高障子に書かれた屋号や職業を示す図柄を気にしながら歩いていると、いきなり目の前の家から怒声が聞こえて、赤ん坊が火のついたように泣きだした。

「ばかやろう。早まった真似をするんじゃねえ」

文吉は戸口で立ち止まった。

「おさよが、おさよが……」

男が嗚咽をもらしている。

「探すんだ。どこか当てがあるだろう」

「昼過ぎに出ていったきりです。もう、戻ってこない」

さっきの女の姿が脳裏を掠《かす》めた。文吉は戸を開けて、狭い土間に入った。

四畳半の部屋に若い男が跪《ひざまず》いてうなだれていた。そばに中年男が包丁を持って立っている。その横に、あの男の子がじっとしていた。

「太助《たすけ》。こいつを向こうに片づけろ」

中年男が男の子を太助と呼んだ。中年男は男の子の父親らしい。

「よし」

太助と呼ばれた子は包丁を受け取ると、流しに片づけにいった。そして、引き返すとき、文吉に気づいた。

「あっ、おじさんは……」

「何があったんだ？」

「新太郎さんが死のうとしたんだ」

「死のうとした？」

文吉は改めて若い男を見た。

太助の父親はちらっと文吉を見たが、すぐ新太郎という男に顔を戻し、

「まだ、おさよさんが死んだと決まったわけじゃねえ。長屋の連中を駆り出し、探すんだ。いいな」

「もう、ほんとうにどうしようもないんです」

新太郎が泣き声で言う。顔色は悪いが、端整な顔だちだ。二十二、三歳か。

「どうして、そう決めつけるんだ？」

「書き置きがあるんです。そこには私がいなくなればと……」

「待て」

戸口には長屋の住人が騒ぎを聞きつけて集まっている。

太助の父親が文吉を押し退《お の》けるようにして外に出ていって、

「おさよさんを探してくれ。万が一ってことがある。昼過ぎに出ていったきりだ。大家さんにも話して」

「わかった。よし」

男たちが叫び、散っていった。

改めて、太助の父親が文吉を見た。

「いま取り込み中なんだ。お引き取り願えませんか」

「おとう。このひと、この前、お酒をくれたひとだよ」

「酒を？　そうですかえ」

父親は思い出したようだが、

「すみませんが、いまはこのとおりのありさまです。また、出直してください」

と一方的に言い、新太郎の前に戻った。

「さあ、話してみな」

「はい」

男は涙に濡れた顔を上げた。

「じつは、おさよはおやじのところに行ったんです。自分が身を引くから、私と赤ん坊を引き取ってくれと頼み込んだんです」

「そうか、おさよさんはそこまで思い詰めていたのか」

「でも、おやじはこう言ったんです。おさよが生きていたら、新太郎の気持ちは変わらない。おさよが死んだら考えるって」

「なんだと。なんて親だ」

太助の父親が憤慨した。

「おやじは料理屋の女中をしていたおさよが気にいらないんです。だから、おさよは私と子どものために……。おさよが死んだら、私も生きていけません。赤子《あかご》だけになれば、おやじも引き取ってくれるでしょう」

やはり、さっきの女だ。

文吉は土間を飛び出した。

太助が驚いて追ってきた。

「おじさん、どうしたんだ？」

「竜宝寺だ」

そう言い残し、文吉は駆け出した。

冬の夜の町はどこの家も戸を閉め、静かだ。地を蹴る自分の足音だけが耳に響く。

新堀川を越え、竜宝寺まで一気に駆け、山門に飛び込んだ。

境内は真っ暗でひっそりとしていた。本堂まで行ってみたが、ひと影はない。本堂の裏手にまわった。

闇の中に、墓地が広がっているのがわかった。そのとき、雲に隠れていた月が顔を覗かせた。

白い月光が墓地に向かう手前にある葉を落とした銀杏《いちょう》の樹を浮かび上がらせた。そこに異様な光景を見た。いままさに、枝にかけられた帯を首に巻きつけようとしている女がいた。

「やめるんだ」

大声を張り上げた。

女は文吉の声を無視して帯で作った輪に首を通した。文吉は駆け寄り、女が樹の根っこにかけた足を蹴ろうとしたところを押さえた。

「おさよさん、早まった真似をしなさんな」

女から帯を取り上げた。

「どうぞ、見逃してください。こうするしかないんです」

おさよは泣き声で訴えた。

「私さえいなければ、新太郎さんは実家に帰れるのです。どうか、新太郎さんと子どものためにも私のことは……」

「さっき長屋に行ったら新太郎さんが死のうとしていた」

「えっ」

おさよが喉を圧迫されたような悲鳴を上げた。

「おさよが死んだら生きていけないと。赤子だけならおやじも引き取ってくれるだろうってな」

「そんな」

「子どもにとっちゃ、母親は必要だ。母親がいねえ子どもは不憫《ふびん》だとは思わねえのか。それに、おまえさんが死ねば新太郎さんもあとを追って死ぬってことぐらいわからねえのか。そうなったら、子どもはひとりぽっちだ」

わっと、おさよは泣き伏した。

文吉は地べたに突っ伏して泣くおさよから目を逸《そ》らし、泣くに任せた。

やがて、泣き声が小さくなった。文吉は改めておさよに目をやった。

おさよが体を起こした。

「私だって生きていたい。新太郎さんや子どもと三人で暮らしていきたい。でも、無理なんです。借金があります。どうせ、借金の形《かた》に、私は身を売らなければならないんです」

おさよは絶望的な声で訴えた。

「おまえさんが死んだって借金は残る」

「実家に帰れば、借金は払ってもらえます。新太郎さんも子どももまっとうな暮しが出来るんです。新太郎さんが実家に帰ってくれるのが一番いいのです」

「おまえさんの思う通りにはならねえんだ。おまえさんがいなくなったら、新太郎さんは生きちゃいかれねえんだ」

おさよはまたも泣き崩れた。

「借金はいくらあるんだ？」

「借りたのは十両ですが、利子が溜まって、全部で十五両です。そんな大金を返せるはずはありません」

「どうして借金などしたんだ？」

「新太郎さんが小間物の行商で歩き回っているとき、大八車に轢《ひ》かれて足を折ってしまったんです。半年近く働けなくなって……。その間に、子どもが生まれたんです」

「そいつはきついな」

文吉はため息混じりに言う。

「おまけに子どもが病気になって、その薬代が嵩《かさ》んで……。質入れするものもなくなって、とうとう高利貸しから借金を」

「返済はいつなんだ？」

「明日です。ですから、もうどうしようもないのです。お願いです」

いきなり、おさよが文吉に頭を下げた。

「新太郎さんに子どもといっしょに実家に帰るように諭していただけませんか。それより、道はないのです。私さえ死ねば、すべて解決するのです。どうか、お願いします」

「ならねえ、ならねえ」

文吉は強く言い放った。

「死んだらおしめえだ。生きていればこそ……」

「明日にも私は身を売らなければならないんです。それより、死んだほうがいいんです」

何か言おうとしたが、文吉は口が動かなかった。この女の言うように、生きていても地獄が待っているだけだ。身を売らねばならぬ運命にあるのなら、死んだほうがまだ救いがあるかもしれない。

十五両といえば大金だ。だが、借金を返すだけでなく、これからの暮しを考えたら十五両では足りない。

ふと、文吉は懐に手を突っ込んで、はっとした。指先が二十両の包みに触れたのだ。冗談じゃねえ。これはおけいに返す金だ。おけいと長太のために三年かけて貯めた金だ。この金を持って、おけいと長太に会いに行くのだ。

冷たい風が吹きつけ、文吉はぶるっと体を震わせた。おさよはまだ地べたにしゃがみこんでいた。凍《い》てつきそうな寒気だ。

「寒いだろう。立つんだ」

「どうぞ、行ってください。お願いします」

「そうはいかねえ」

「自分のことは自分で始末します」

おさよは頑なに言い張った。

「そうかえ、じゃあ、俺は行くぜ」

文吉は行きかけて立ち止まった。

このまま去ってしまえば、必ずこの女は死ぬだろう。おけいと長太の顔が脳裏を掠めた。あのふたりはなんとか暮らしているに違いない。目の前の女のほうに危機が迫っている。死ぬかもしれない女を放っていってしまっていいのかと、自分に問いかける声がした。おまえは二十両を持っている。その金があれば、おさよは死なずに済み、親子三人の暮らしが保たれる。だが、二十両は自分が改心した証だ。この金を差し出すことによって、おけいに真心を形で示すことが出来るのだ。

文吉は迷った。思い悩んで、気がつくと、文吉の手は懐の二十両を摑み出していた。

「おさよさん。これを使ってくれ」

二十両の包みをおさよの手に握らせた。

「これは？」

「二十両ある。これで借金を返し、もう一度三人でやり直すんだ。いいな」

「いけません。見ず知らずのお方にこんな大金を」

おさよは金の包みを押し返した。

「いいな。約束だぜ。二度とばかなことを考えるんじゃねえ」

そう言うや、文吉はいきなり踵《きびす》を返して駆け出した。途中、立ち止まって振り返ると、おさよが泣きながら手を合わせていた。

四

翌朝、文吉は目覚めが悪かった。

せっかく、おけいと長太に会いに行こうと楽しみにしていたのだが、肝心の二十両はもう手元にはない。

二十両がなければ、おけいに合わせる顔はねえ。文吉は天井の節穴を見つめながら大きく息を吐いた。

この三年間、この日のためにせっせと蓄えてきた金を見ず知らずの女にやってしまった。なんて、ばかなことをしたんだと、いまさら後悔しても遅い。せめて、半分にしておけばよかったと、みみっちい考えも起こり、文吉は胸をかきむしりたくなった。

おけいと長太に会いたいという気持ちは募る。遠目にでも顔だけでも拝んでみたい。そう思うと、文吉は跳ね起きた。

ふとんを畳み、隅に片づけ、枕屏風《まくらびょうぶ》で隠す。それから、神棚の水を取り替え、柏手《かしわで》を二度打ち、きょう一日の無事を祈る。

すきま風が吹きつけ、寒い。火鉢に炭をくべて火をおこし、湯を沸かした。

腰高障子を開けて外に出ると、さらに冷気は顔を襲った。厠《かわや》に行く。それから、井戸で口をすすぎ、顔を洗う。

「おはよう」

隣のかみさんが水を汲《く》みに来ていた。亭主は左官の職人で、子どもがふたりいる。六畳一間に親子四人で暮らしている。

「文吉さん。きょうは遅いじゃないか」

ふだんなら、そろそろ親方のところに出かける時間だ。

「きょうは野暮用があって、仕事を休んだんだ」

「そうかえ」

お湯が沸き、きのうの残りの冷や飯にお湯をかけてお新香をおかずに朝飯をすませた。飯を炊くのは三日に一度だ。

朝四つ（十時）に、文吉は長屋を出た。井戸端には、亭主を送り出したかみさん連中が集まってきて賑やかだ。

「文吉さん。きょうはどこにお出かけなんだい？」

洗濯の手を止め、小肥りの女が文吉に声をかけた。

「ちょっと墓参りに」

文吉は言い、長屋木戸を出た。

新堀川沿いを御蔵前片町《おくらまえかたまち》のほうに向かう。いったん会いたいと思うと、無性にふたりの顔が見たくなり、自然と足早になる。

許しちゃくれねえだろう。それより、金がなければ合わす顔はねえ。だが、遠くからでもひと目、顔を見たかった。

浅草御門を過ぎ、両国広小路を突っ切り、両国橋に差しかかった。

酒を断ち、まっとうな暮しが出来るまでは渡らねえと誓った両国橋を、いま文吉は三年ぶりに渡っていた。

さらに、竪川《たてかわ》を二ノ橋で渡り、北森下町《きたもりしたちょう》を通過し、小名木川《おなぎがわ》を越えた。だんだん、心の臓の辺りがちりちりと痛んできた。動悸《どうき》も激しくなる。

霊巌寺《れいがんじ》前を過ぎ、浄心寺に出た。参道に入り、浄心寺の境内を突っ切って裏門を出る。

そして、鬱蒼《うっそう》とした竹藪《たけやぶ》を抜けると山本町である。

突然、文吉は竹藪の中で立ち止まった。

おけいと長太の三人で暮らしていた長屋は目の前だ。だが、文吉は足が動かなかった。ふたりの顔を見たら取り乱すかもしれない。いったん、ふたりの顔を見たら、未練が増して仕事が手につかなくなるかもしれない。

それより、おけいにはすでにいい男が出来て、長太もその男に馴染《なじ》んでいるかもしれない。そんなところにのこのこ出ていったら、こっちが惨めなだけだ。

さまざまな思いが交錯し、ますます動悸が激しくなった。ひと目顔を見るだけだ。会うんじゃない。そう自分に言い聞かせた。文吉は手拭いを目深にかぶり、顎の下で結んだ。大きく深呼吸をして、一歩、町に向かって踏み出した。

長屋木戸の前に立った。路地に入っていく勇気はなかった。路地にひと影はない。おけいと長太は以前と同じ家に住んでいるのだろうか。

思い切って、文吉は木戸をくぐった。だが、いきなり、以前住んでいた家の腰高障子が開いて、男が出てきた。商家の番頭ふうの男だ。

文吉はあわててごみ溜のほうに身を隠した。男に続いておけいが出てきた。少しやせたようだが元気そうだった。

男が振り向いておけいに声をかけた。おけいが口に手を当てて笑った。うれしそうだった。男が木戸に向かうと、おけいはその後ろ姿に向かって頭を下げた。自分には見せたことのないような笑顔に思えた。

男が木戸を出るまで見送り、おけいは家の中に戻った。あの男は何者なのだ。やはり……。改めて、自分の居場所はないのだと悟った。

文吉は悄然と長屋木戸を出た。

すると、向こうから天秤棒《てんびんぼう》を担いだ子どもがやってきた。この寒いのに素足に草鞋《わらじ》だ。

「長太……」

覚えず、文吉は飛び出しそうになった。そのとき、通り掛かりの中年の女が長太に声をかけた。

「おや、きょうはおしまいかえ」

「違う。昼飯を食ったら、また出かける」

「そう、頑張るんだねえ」

「なあに、たいしたことないよ」

長太は明るい声で言い、長屋木戸を入っていった。そして、自分の住いの前で荷の入った籠を下ろし、天秤棒を立てかけてから中に入っていった。

そうか、昼飯をとりに来たのか。母親とふたりで食べるのだ。

まだ十歳にもなっていない長太が天秤棒を担いで町中を振り売りして歩く姿を想像した。

「長太、すまねえ」

いたたまれなくなって、文吉はその場を離れた。

さっきの男は、おけいのいいひとではないのかもしれない。そうだったら、子どもに行商などさせまい。

きっと、仕事をくれる得意先の番頭か何かだろう。そう思って安心したものの、やはり長太の棒手振り姿に胸が痛む。

再び浄心寺裏の竹藪にやってきた。裏門に向かいかけたとき、竹の陰からいきなり手が伸びて、文吉の腕を摑んだ。

「あっ、なにしやがんでえ」

文吉は振り切って叫んだ。

どさっという音がして男があっけなく倒れた。紺の股引《ももひき》に着物を尻端折《しりつぱしよ》りした商人らしい男だ。文吉はかっとなって睨みつけたが、男はすぐには起き上がれなかった。

「おめえさん、怪我しているのか」

文吉は男を見た。

「医者に診《み》せねえと」

「だいじょうぶだ。すまぬ。これを」

男は苦しげな顔で、何かを摑んでいる手を差し出した。

無意識に、文吉はそれを受けとった。巾着だ。

「これをどうするんでえ」

「預かってくれ。そなたの名と住いを教えてもらいたい。後日、とりに行く」

男は苦しそうだ。

「しかし」

「頼む。教えてくれ」

「わかった。浅草阿部川町の掃き溜め長屋に住む文吉ってもんだ」

「文吉か。それを頼む」

「あなたさまはお侍さまで」

言葉づかいから、そう思った。

「さあ、早く私から離れろ」

男は強い声で言うと、立ち上がり、腹部を押さえながら、よろけるように町中に向かった。

文吉は不安げに男を見送った。

ひとが駆けてくる気配に、あわてて浄心寺の裏門に飛び込んだ。

足音が重なって近づいてきた。

「手負いだ。それほど遠くへは行っていないはずだ」

男の野太い声がした。

「ここに血が」

「うむ。ここを通ったのは間違いない」

「町中に逃げたのでは」

「おや、ここに寺の裏門がある」

文吉はどきっとし、あわてて門から離れ、本堂のほうに向かった。本堂の前にやってきたとき、数人の武士が駆けてきた。

本堂に向かって手を合わせながら、文吉は横目で武士たちを見た。四人いた。さっきの男を探しているのだ。

武士たちは境内を探し回っている。いないとわかったのだろう、そのうち、裏門に引き上げていった。

文吉はほっとして懐に入れた巾着を摑んだ。中身はあまり入ってなさそうに思える。ただ、一両小判らしい感触があった。

この一両を命懸けで守ろうとしたわけではあるまい。この中に大事な書き付けでも入っているのかもしれない。

巾着を懐に仕舞い、文吉は浄心寺をあとにした。来た道を戻る。途中、何度か振り返ったが、あとをつけられている様子はなかった。

両国橋を渡り、浅草御門をくぐって蔵前に出る。来たときの道を逆に辿《たど》って、阿部川町に帰って来た。

長屋木戸をくぐったが、路地にひと影はない。厠の横の日溜まりで年寄りが日向《ひなた》ぼっこをしていた。

文吉は自分の家に入った。

部屋に上がったとたん、疲れがどっと出た。虚しさにも襲われた。この三年の辛抱はなんだったのだ。文吉は胸の中が焼けるような痛みを覚えた。

仰向《あおむ》けに倒れた。目を閉じると、おけいと長太の顔が浮かんできた。ふたりは元気そうだった。

俺がいなくてもちゃんとやっているのだと思うとさびしい気持ちもしたが、小さな体で天秤棒をかついでいる姿を思い浮かべると切なくなる。

あの二十両があれば、長太はあんなきつい仕事をやめられたかもしれない。ばかなことをしたもんだ。

他人を助けて、自分の嬶《かかあ》と子どもに不自由を強いている。ばかな男だと、またも自嘲した。

そう思う一方で、若い男女の命が助かったのなら結構なことではないか。見過ごしていたら、あの女は死んでいたはずだ、とも思う。

ちっ。俺って奴は……。

はっとして、文吉は跳ね起きた。懐に手を突っ込む。あった。あれは夢ではなかったのだ。

巾着を取り出した。何の変哲もないものだ。紐を外し、中に手を突っ込んだ。やはり、一両小判が入っていた。

その他に書き付けらしいものはなく、ただ小さな紙切れが入っていた。

質札だ。登勢という名があり、田原町の万屋藤十郎という質屋に、女物の煙草入れを十月二十日に金一両で質入れしたとある。

質札の裏を見て、おやっと思った。名前が書いてある。上島小平太《うえしまこへいた》とある。

あの男は町人の恰好《かっこう》をしていたが、ほんとうは武士のようだった。あの男が上島小平太なのか。追手はこの質札を探していたのか。

いや、探していたのは質入れした女物の煙草入れのほうではないか。

それにしても、あの男は無事に逃げることが出来たろうか。

まだ昼飯を食べていなかったことを思い出したが、昂奮しているせいか、空腹を感じない。

文吉は長屋を出て、『万屋』に向かった。

この万屋とあるのは、一度見かけたあの男に違いない。三十過ぎの渋い感じの男だ。

色白で逆八の字の眉、目元は涼しげだった。

田原町にやってきた。『万屋』はすぐわかった。暖簾に屋号が書いてあり、将棋の駒形の看板も目に入った。

文吉はその前を素通りした。ここに、あの男は女物の煙草入れを質入れしたのだ。その煙草入れに、何か重大な書き付けが隠されているのではないか。

向こうから遊び人ふうの男がやって来た。妙にのっぺりした顔の二十七、八歳の男だ。文吉は急いで、その場から離れた。

途中で振り向くと、のっぺりした顔の男は『万屋』に入っていった。文吉はまっすぐ長屋に帰った。


夕方になって、文吉は長屋木戸を出た。辺りはだいぶ暗くなっている。

新堀川に出て、菊屋橋のほうに向かった。途中、正行寺《しょうぎょうじ》の前に差しかかったとき、寺から出てきたふたり連れを見た。

ひとりは岡っ引きの吾平だった。その横に、遊び人ふうの男がいた。ふたりは通りに出てから、左右に分かれた。

行き過ぎてから、遊び人ふうの男がさっき『万屋』に入っていった男だったと思い出した。

吾平が遊び人ふうの男を咎めていたようには見えなかった。親しく話していたように見えた。吾平は稲荷町のほうに曲がっていった。

遊び人ふうの男は蔵前のほうに向かった。そのあとをつけていく男がいた。浪人だ。万屋藤十郎と差し向かいで呑んでいた浪人だと気づいた。

何かあるのかと思ったが、文吉の想像に余った。

文吉は菊屋橋の袂にある『おらく』の縄暖簾をくぐった。

昼飯を食べていないので空腹だ。それ以上に心にぽっかり穴が空いていた。

「どうしたんですね。しけた顔をして」

おらくが励ますように言う。

「どじょうに天ぷらだ」

頼んだあとで、

「いや、酒をもらおうか」

と、文吉は言いなおした。

「どうしたっていうんですね」

おらくはまじまじと文吉の顔を見た。

「なんでえ。俺の顔に何かついているのか」

「何があったかしらないけど、ずっと酒を断ってきたんじゃないのさ。呑んだらだめだよ」

「どうして、それを？」

「やっぱし、そうなんだね。勘よ」

「勘だと？」

「この前も呑みかけてやめたでしょう。そのことも変だったけど、独り言を呟いているのに気づいていた？」

「独り言？」

「ええ。脇を通るとき、ときどき、だめだ、だめだと言っているのが聞こえたんですよ。何がだめだかわからなかったけど、酒を呑んじゃだめだと、自分に言い聞かせていたんじゃないかって」

「そんなこと、呟いていたのか」

自分ではまったく気づかなかった。

「でも、もういいんだ。もう酒を呑んでも」

「何かあったのね」

「何もねえ。でも、もういいんだ。酒を断つ必要はねえんだ」

自棄《やけ》になっているつもりはないが、これからまた二十両を貯めるのはしんどい。その気力はない。

もうおけいと長太に会えないのなら、好き勝手に生きたほうがいい。

「頼む。酒を持ってきてくれ」

「じゃあ、一本だけよ。一本でやめるんだよ」

おらくは念を押した。

家から出てきた商人体の男はおけいとつきあっている男ではない。そういったんは思ったものの、時間が経《た》つにつれ、また疑いの心が芽生えた。見送ったときの笑みがそれを物語っているようだった。文吉は悪いほうに考えた。

おけいにそんな男がいたのか……。急に、胸の辺りに焼け火箸を押しつけられたような痛みが走った。

おけい、と文吉は呟いた。

「はい、お待ちどおさま」

「おう、すまねえ」

酒の匂いがたまらない。

おらくが酌をしようとしたとき、

「おじさん」

大きな声がした。

文吉が戸口を見ると、この前の男の子だった。

「太助だったな。また、酒か。きょうはだめだ」

「違う。ちょっと待ってくれ」

　太助は飛び出していった。

「変な小僧だ」

　文吉は呟いたが、また長太のことを思い出した。

　おけいがあの男と所帯を持つとしたら、長太はどうなるのだ。あんな男がいながら棒手振りをしなくてはならないのなら、長太には不幸だ。そうだ、長太だけでも俺が引きとろう。

　そう思うと、文吉は徳利を遠ざけた。呑んじゃならねえ、と自分に言い聞かせた。

　戸口が騒々しい。顔を向けると、太助とその後ろに文吉と同い年ぐらいの男がいた。

「おう。ちょっと表に出てくれねえか」

　男が文吉に近づいてきて、出し抜けに言った。

「おとっつあん。どうしたんだ?」

　太助がびっくりした顔を男に向けた。

「おめえは黙ってな。ここじゃ、他のお客さんに迷惑がかかる。外に出てくんな」

「そうか。おめえは……」

　どこかで見たことのある顔だと思った。ゆうべ、雨垂れ長屋で見た太助の父親だ。

その父親が何を怒っているのか、文吉にはさっぱりわからない。

「太助。おめえのおとっつあん、何を怒っているんだ？」

「わからねえ。急に怒りだしたんだ」

太助も途方にくれたような顔をした。

「すまねえが、俺は腹が空いているんだ。飯を食わせてくれ」

文吉はうんざりして言う。

「話はすぐ済む」

太助の父親は強引だった。文吉もかちんときた。

「よし、俺もおめえに言っておきたいことがある」

長太に酒をもらい歩かせるような真似をさせている男に腹が立ってきた。

「なんだと」

「喧嘩《けんか》なら、外でやっておくれよ」

おらくが甲高い声で叫んだ。

「よし、出ろ」

男は先に戸口に向かった。

「おじさん、ごめんよ。おじさんだろう、きのうおさよさんに二十両上げたの？」

太助がうれしそうにきいた。

「あの女が話したのか」

「うん。それで、おとうが礼をしなきゃならねえっていうんで、おじさんを探したんだ。ここに来れば会えると思って連れてきたんだ。そしたら、いきなり、態度が変わっちまった」

「で、おさよさん、どうした？」

「きょう、金を返した。無事済んだって。おじさんに手を合わせていたぜ」

「そうか。そいつはよかった」

「おい、何しているんだ」

父親が戸口で叫んだ。

「よし」

文吉は立ち上がった。

太助が心配そうについてくる。

「おとっつあんの名前はなんて言うんだ？」

「亀三《かめぞう》だ」

「亀三か。わかった」

文吉は亀三のもとに急いだ。

新堀川のそばで立ち止まると、亀三は待ち切れぬように、

「やい、ゆうべ、おさよさんに二十両をやったのはてめえだな」

と、言い出した。

「そんなこと、おまえさんに関係ない」

「関係ねえことあるものか。俺はあのふたりの後ろ盾だ」

亀三が大見得《おおみえ》を切った。

「ふざけるな。後ろ盾なら、どうしてふたりの悩みを聞いてやらねえんだ。おさよさんは首を吊《つ》ろうとしたんだ」

「それは……」

ちょっと気弱そうな顔になったが、

「おかげであのふたりは助かった。泣いて喜んでいた」

と、亀三は言った。

「だったら、何も文句はあるめえ」

「ある。おめえだ」

亀三は指を突き出した。

「なんでえ」

「おめえ、あの二十両、どうしたんだ？」

「この野郎。汚ねえ金だと疑っているのか」

「そうじゃねえ。見ず知らずの者に二十両をくれてやる人間はよっぽど金に余裕のある人間だと思っていたんだ。ところが、どっこい」

「貧乏人で悪かったな」

「ああ、悪いぜ」

「なんだと」

「おめえ、あの二十両はどうしたんだ？」

「また、同じことを……」

理不尽な言いがかりをつけられて、文吉は頭に血が上ってきた。

「いいか。耳の穴をかっぽじってよく聞け。あの金は俺がこの三年間好きな酒を断ってこつこつ貯めた金だ。盗んだものでも博打《ばくち》で手に入れたものでもねえ」

「やっぱしそうか」

亀三は表情を曇らせた。

「二十両、何に使うつもりだったんだ？」

「別に使い道なんて考えちゃいねえ」

「何もなくて、貯められるものじゃねえ。何か当てがあったはずだ。違うか」

「おめえに言う必要のねえことだ」

「どうやら、何らかの当てのために貯めておいた二十両をやっちまったようだな。で、どうするんだ?」

「おめえには関係ねえ」

「いや、ある。おめえにそこまでされて、俺は黙ってられねえ。何のためかわからねえが、きっとわけありなはずだ。見ず知らずの者に、そこまでさせては江戸っ子の恥だ。俺が、その二十両、おめえに返す」

「なんだと。二十両を返すだと」

「そうだ。明日の夕方、いまの店に来てくれ。二十両、耳を揃えて返してやる」

「金があるのか」

「作る」

「作れるなら、なんでもっと早く、作ってやらなかったんだ。一歩間違えれば、あのふたりは死んでしまうところだったんだ」

「それを言われると、返す言葉はねえ。だが、おめえに大事な金を使わせちまうわけにはいかねえんだ。だから、なんとしてでも二十両作る」

「ばかな。一日で出来るわけはねえ。借りるにしても、貸しちゃくれめえ」

「いいか。明日の夕方、必ずだ」

亀三はわけのわからないことを言ってようやく引き上げた。

ひょっとして、男のほうの実家に掛け合いに行き、金を出させようというのかもしれない。ばかな男だ。実家が出してくれるなら、なにもふたりがこんな苦労をするはずがない。

腹の虫が鳴った。空腹に寒さが堪《こた》えた。文吉は急いで店に戻った。

五

翌日の昼下がり、質屋『万屋』におそるおそる客が入ってきた。

尻端折りをした三十過ぎの男だ。やせていて、無精髭が男を貧相に見せる。

敏八は上がり框に出ていった。

「お出《い》でなさいまし」

「ご主人をお願いしたい」

少し声が強張っているのは、緊張しているからなのか。質屋を使うのははじめてなのだろうか。

「私は番頭の敏八と申します。商売のことは任されておりますから、どうぞ」

「いや、どうしてもご主人でないと」

「さいでございますか」

敏八は主人でなければならぬわけを訊ねようとしたが、男はため息をついたり、落ち着きがなかった。

「少々、お待ちください」

わけがわからぬが、主人を呼ぶために立ち上がった。

主人の藤十郎は来客中だった。奥の客間に向かうと、ちょうど話し合いが終わったのか、藤十郎と客の武士が客間から廊下に出てきた。

客の武士は、もうひとつの出入口から引き上げていった。

「なにか」

客を見送ってから、藤十郎がきいた。

「はい。お客さまが旦那さまをお願いしたいと仰《おつしや》っております」

「わかった」

藤十郎は店のほうに向かった。

客の男は落ち着かぬ様子で待っていた。

「私が主人の藤十郎でございます」

藤十郎が男に声をかけた。藤十郎はどんな相手に対しても同じような態度で接する。相手の身分によって態度を変えるということはない。

「質にとってもらいたいものがありますんで」

客は上目づかいに窺うように藤十郎を見ている。

「見せていただきましょう」

「へい、それが……」

「なにか」

「あっしの命です。あっしの命を二十両で」

「命は質草になりませぬ」

「そこをなんとか。方々の質屋で断られた。最後に行った質屋の亭主が『万屋』さんなら何とかしてくれるかもしれないと言ったんだ。お願いです」

「お客さま。申し訳ございません。命など質草にはなりませぬ」

敏八が横合いから口をはさんだ。

「わかってます。そこをなんとかならねえかと」

「仮に質にとっても、期日までに買い戻せなかったら、あなたはどうなさるおつもりですか」

敏八は不快そうにきいた。

「どうにでもしてくれ。煮るなり焼くなり、なんでも構わねえ」

「そんなことをしても、私どもには一銭の得にもなりませぬ」

敏八は呆《あき》れたように言う。

「どうしてもだめか」

男は落胆した。

「お仕事はなんですね」

藤十郎はきいた。

「鋳掛け屋だ。鋳掛けの亀三といえば、そこそこ名が通っている。自分で言うのはなんだが、腕はいいほうだ」

「わかりました。あなたの命とその腕を質草にいただきましょう。しかし、二十両は無理です。五両ならお貸ししましょう」

「旦那さま」

敏八は耳を疑った。

期限を十カ月としても、これからこの男が五両を稼げるとは思えない。したがって、質流れとなる。この男の命と腕に値打ちがつくはずもない。まるまるの大損になる。

「返せなかったらこの命、どうとでもしてくれ。ただし、盗みをして金を作れってのはなしだ」

亀三は必死に言う。

「わかりました。お貸ししましょう」

敏八の反対にも拘《かか》わらず、藤十郎はこの男に五両を貸すことを決めた。

「ほんとうに、貸してくれるのか」

亀三はきつねにつままれたような顔できいた。

「お貸しします。ただし、あなたにはこれから仕事一途で頑張ってもらわねばなりませぬ。よろしいですか。酒や博打はいけません」

「決して、酒も博打もやらねえ」

亀三は誓うように言った。

「よろしいでしょう」

藤十郎は頷き、

「あとは頼みましたよ」

と敏八に言い置き、奥に引き上げた。

いつも、藤十郎の胆力には感心させられる。五両を溝《どぶ》に捨てたようなものだ。だが、そんな藤十郎に魅力を感じてそばにいるのだ。敏八は亀三に入質証文を書かせ、五両を貸し与えた。期限は一年ということにした。

「よいですか。主人が申しましたように、酒、博打はいけません。仕事一途に励み、この質草を必ず請け出しに来てください」

「へい。必ず」

亀三は喜んで引き上げていった。

藤十郎は不思議な商売をしている。質屋稼業で儲けようとはしていないように思える。

おそらく、亀三の件も五両は取り返せまい。

亀三は『万屋』を出たところで振り返り、大きく辞儀をした。

まさか、この命を質草にとってくれるとは思わなかった。だめもとで、自棄っぱちになって『万屋』の暖簾をくぐったのだ。

きのう、文吉って男に大口を叩いた手前もあり、亀三は今朝早く、本郷四丁目にある古着屋の『松島屋』に出向いていった。新太郎の実家である。

ふたりを許さなくても、金ぐらい出させようとして意気込んでいったのだが、土蔵造りの大きな店構えに、まず圧倒され、萎縮してしまった。

それでも、番頭ふうの男に、新太郎のことで話があると主人に取り次いでもらおうとしたが、ゆすりたかりの類と思われたのか、まったく相手にしてもらえなかった。

諦めきれずに、主人が外出するのを待ち構え、行く手に立ちはだかって、

「新太郎さんとおさよさんのことで話がある」

亀三は訴えた。

「新太郎さんとおさよさんは死のうとしたんだ。ふたりを許してやれないなら、せめて生活費だけでも援助してやっていただけませんかえ」

しかし、『松島屋』の主人は、

「私どもには新太郎という者はおりませぬ」

最後にはそうひと言吐き捨てて、亀三を冷たく見て立ち去っていった。

「鬼だ。あんたは鬼だ」

亀三はその背中に向かって罵《ののし》った。しかし、松島屋は振り返りもしなかった。

悄然と引き上げる亀三の目に飛び込んだのは質屋の看板だった。まず、本郷の質屋、湯島にある質屋と、何軒かをまわったが、命を質草にと言うと、まともに受けとめてくれなかった。

最後に訪れた稲荷町の質屋の主人が、

「そんなもの質草にとる者はおりませんな。とるとしたら、『万屋』さんぐらいでしょうよ」

と、半ば嘲笑するように言ったのだ。

それで『万屋』にやってきたのだが、まさか金を貸してもらえるとは思わなかった。今夜、この金を文吉に渡す。二十両は無理だったが、五両で勘弁してもらおう。そして、明日からがむしゃらに仕事をするんだ。鍋、釜の修繕で、たいした儲けにはならない。だが、酒を断ち、頑張ればなんとかなる。そう自分に言い聞かせながら、亀三はいったん長屋に戻った。

新太郎の家を覗くと、赤子は寝ていて、その横に新太郎がいた。

「あっ、亀三さん」

新太郎が声をひそめて出てきた。

「ああ、いいよ。どんな様子か見にきただけだ。じゃあ」

「亀三さん。あのお方に私からも御礼が言いたいのです。どうぞ、あのお方のお名前を教えてくださいませんか」

「新太郎さん。礼は俺から言っておく。気にしなくていい」

「でも」

「なあに、二十両をぽんとくれたってことは、懐に余裕のあるひとなんだ。だから、素直に受け取っておけばいいのさ」

「でも、いつか、お返ししないと」

「そうだな。じゃあ、俺から、おまえさんたちの気持ちを伝えておく。どうするかは、それからにしよう。なにしろ、いまはおまえさんの足の怪我《けが》を治すことが第一だ」

「はい。すみません」

「おさよさんは？」

「いま、内職のことで出かけています」

「そうかえ。まあ、何かあったら、俺か太助に言うんだぜ」

「はい。ありがとうございました」

おめえの親は鬼だと喉元まで出かかったが、亀三は言葉を呑んだ。

第二章　質札

一

その夕方、文吉は仕事を終え、親方に挨拶をして仕事場をあとにした。若い職人はまだ体を丸めて小机に向かっている。

稲荷町の親方の家から寺の多い一帯を抜けて阿部川町の長屋に帰ってきた。日ごとに寒さが強まる。一の酉まで、あと十日ほどだ。

どぶ板を踏んで自分の住いに着き、腰高障子を開けようとしたとき、気配を察したように隣のかみさんが顔を出した。

「文吉さん。昼間、商人ふうの男のひとが訪ねてきたけど」

「商人?」

「ええ、お腹《なか》が痛いのか、脇腹を押さえていたよ」

浄心寺裏の男だ。

「そうですか。何か言ってましたかえ」

「また、夜に出直すと言っていたわ」

「そうですかえ」

軽く頭を下げ、文吉は腰高障子を開けた。

すぐ火鉢の灰をかきわけ、火箸でつまんだおき火に息をふきかける。再び、赤く火がおこった。新たに炭をくべる。

預かった巾着は行李《こうり》の奥に仕舞ってある。行李の蓋を開け、巾着を取り出した。巾着には一両入っているのだ。早いとこ、返してしまいたい。

夜にやってくるということだが、これから、長太の父親の亀三と会わねばならない。きのう、約束させられた。

その間に、巾着の持ち主がやってきたら、またすれ違いになる。

少し休んでから、燃えた炭を灰の中に押し込んで、文吉は巾着を懐に仕舞い、立ち上がった。

草履《ぞうり》を履いて外に出る。ひんやりした風が顔に当たった。

文吉は隣の腰高障子を叩いて声をかけた。かみさんが出てきた。左官職の亭主はまだ帰っていないようだ。

「ちょっと出かけてきやす。昼間のひとがやってきたら、家に上がって待っててもらってくれませんかえ。半刻（一時間）もすれば、帰ってきますんで」

文吉は頼んだ。

「あいよ」

文吉は長屋の木戸に向かった。夕餉に魚を焼いている匂いが漂ってくる。左官職の亭主と、木戸を出たところですれ違った。

薄暗くなり、そろそろ暮六つ（午後六時）の鐘が鳴りはじめる頃だ。文吉は菊屋橋のほうに向かった。

亀三も妙な男だ。金に余裕のない人間が二十両を恵んでやったのが気に入らないらしい。頑固な男だ。

一膳飯屋『おらく』の縄暖簾をくぐると、亀三がすでに小上がりに座っていた。だが、目の前には何も出ていない。

「早いな」

文吉は言い、向かい合うように上がり口に腰を下ろした。

亀三が沈んだ顔を向けた。きのうの威勢がないように思えた。

「すまねえ。これだけとっておいてくれ」

いきなり、亀三が紙に包んだものを差し出した。

まさか、金ではあるまいなと思いつつ、文吉は手を伸ばした。が、紙に包んだものを手にしたとき、小判の感触がした。

「なんだ、これは？」

文吉は包みを広げた。五両あった。

「あんなでけえことを言っておいて、それしか都合がつけられなかった。それだけでも受け取ってくれ」

「どうしたんだ、この金は？」

「そんなこと、いいじゃねえか」

「たった一晩で、これだけの金を作れるわけがねえ。いってえ、何をしたんだ？」

「悪い金じゃねえ」

「だったら、言えるはずだ」

「…………」

「まさか、新太郎って男の実家に行ったんじゃあるまいな」

亀三は顔を背けた。

「やっぱし、そうか」

新太郎の父親を威し、五両を巻き上げてきたと、文吉は思った。

「こんな金、受け取れねえな。恐喝じゃねえか」

文吉は突き返した。

「てめえ、何を勘違いしている。確かに、今朝、新太郎の父親に会ってきた。それは、ふたりが死のうとしたことを伝えて、ふたりの仲を許してくれるように頼むためだ。だが、あの父親は鬼だ……」

亀三は怒りを蘇《よみがえ》らせたようだ。

「料理屋で働いていた年上の女に息子は騙《だま》されたのだと言っていやがった。まったく、どうしようもない親だ」

新太郎の実家は本郷四丁目にある古着屋の『松島屋』で、かなりの大店だという。

「じゃあ、この金は？」

「何も言わずに受け取ってくれ。おめえがせっかく貯《たくわ》えた金を使わせてしまった。だいぶ足らねえが、それで勘弁してくれ」

「おめえにやったんじゃねえ」

「わかっている。だが、あのふたりの親代わりの俺には他人事じゃねえ。自分のことのように、おめえにすまないと思っているんだ。おめえにとっても大事な金だったはずだ。だから、せめて僅かでも……」

「よしてくれ。俺には必要ねえ金だからやったんだ。ほんとうに必要なら、金なんか出さねえ」

「ほんとうか」

亀三が疑うような目できいた。

「ああ、ほんとうだ。だから、気にしねえでいい」

「だが、そいつはとっておいてくれ」

「だから、受け取れねえと言っているだろう。しつこいぜ」

「おめえこそ、何を意地張っているんだ。素直に受け取れ」

「おめえはほんとうにしつこい野郎だ」

文吉はうんざりした。

「じゃあ、受け取ってくれるな」

「わかった。この金をどうやってこしらえたのか、話してくれたら受け取ろう」

してやったという顔つきの亀三に、文吉は穏やかにきいた。

「そいつは困る」

「何が困るんだ。それが言えねえなら、受け取らねえ」

「おめえも、相当頑固だな」

亀三が呆れたように言う。

「おめえほどじゃねえ」

文吉も負けずに言い返す。

「わかったぜ。言う。言ったら、受け取るな」

「ああ、得心がいく金だったら、受け取ろう」

「得心だと？　話を聞いたあとで、得心いかねえって、はなから言い出すつもりじゃないだろうな」

「そんな騙すような真似はしねえ」

「よし。じゃあ、言おう。質屋から借りたんだ」

「質屋？　五両も出してくれる品物を持っていたのか」

「まあな。得心がいったか」

「ちなみに、質草はなんだえ。五両も借りられる品物って何だか知りたい」

「親からもらった大事なものだ。いいじゃねえか」

「じゃあ、念のためにどこの質屋だ？」

「田原町にある『万屋』だ」

「『万屋』？」

「知っているのか」

「一度、この店で見かけたことがある」

「へえ。あの主人がこんなところで飯を食うこともあるのか」

亀三は妙に感心したように言った。

「じゃあ、そいつは納めてもらおう」

「いちおう、預かっておく」

五両を懐にしまってから、

「おめえに言っておきてえことがある」

と、文吉は切り出した。

「なんだ？」

「太助にあんな真似をさせるのはやめろ」

亀三は太い眉を寄せた。

「酒をもらいに行かせることだ。そんなにまでして、酒が呑みてえのか」

文吉は諭すように言う。

「酒はやめた。もう、呑めねえんだ」

「ほんとうか」

「ほんとうだ。だから、太助にもうあんなみっともねえ真似はさせねえ」

「よくわからねえが、その言葉を信じよう」

「じゃあ、俺は帰る」

「なんだ、飯を食っていかねえのか」

「太助が待っている」

「そうか。太助によろしくな」

亀三は引き上げた。

変わった野郎だ、と文吉は呟いた。

すぐに、そうゆっくりもしていられないと、文吉は思い出した。巾着を預けた男がやってくるのだ。

急いで飯を食い、女将と言葉をかわすこともなく文吉は一膳飯屋を飛び出した。

夜気が冷たく身を包む。背を丸め、急ぎ足で長屋に帰った。

まだやってきていないようだった。

隣に声をかけてから、中に入った。行灯に明かりを灯して火鉢の火をおこした。

もらった五両を神棚に置き、手を合わせた。もらうべき金ではないが、亀三のしつこさに負けた。

暖をとりながら待ったが、男はやってこない。

五つ(午後八時)の鐘を聞いてからだいぶ経つ。いったい、どこで暇を潰しているのだ。さらに半刻ほど経った。

文吉は外に出た。冷気にさらされ、ぶるぶると体を震わせた。

長屋木戸を出て左右を見たが、寒々とした通りにひと影はなかった。犬の遠吠えが聞こえた。寒くなってきて、文吉は家に戻った。

さらに時が経った。そろそろ、四つ(午後十時)だ。長屋の木戸が閉まる。

今夜はこないと思い、文吉は寝る支度にかかった。ふとんを敷き、枕屛風を立て、すきま風を防ぐ。

行灯の火を消しても、まだ外が気になる。

風が出てきたのか、ひゅうひゅう音がして、桶が転がる音が聞こえた。

ふとんに入ると、さまざまな思いが頭をかけめぐる。昔は長太といっしょに寝たものだ。おとう、何か話をしてくれよ。よし、怖い話がいいか。宮地芝居《みやちしばい》で観た怪談の話をすると、いつのまにか長太はしがみついていたものだ。

人声がした。叫び声のようにも聞こえた。耳を澄ましたが、聞こえるのは風の音ばかりだった。気のせいだったか。

やがて、瞼《まぶた》が重くなっていった。


翌朝、日の出とともに長屋の木戸が開き、路地に、あさり、しじみの棒手振《ぼてふ》りの振り売りの声が聞こえ、賑やかになった。

文吉もその声で目を覚ました。厠に行くために外に出ると、納豆売りの棒手振りの前に数人のかみさんが集っていた。

長太もああやって振り売りをしているのかと思うと、胸が熱くなった。五両でもいい。持っていってやれば、少しは楽になるだろうか。

そんなことを思いながら用を足し、井戸端で顔を洗い、口をすすぐ。

納豆売りが引き上げると、代わりに豆腐売りがやってきた。

「新堀で殺しがあったそうで、たいへんな騒ぎだ」

二十半ばぐらいの棒手振りがかみさん連中に話している。

「いやだね。この近くで殺しだって」

「ほんと、物騒ね」

「殺されたのはどんなひとなのさ」

かみさんたちが口々に話している。

「商人ふうの男だそうですぜ」

家に戻りかけた文吉が聞きとがめた。

まさかと思いながら、もしかしたらという不安が強まった。昨夜、男はやってこなかった。それに、男は武士に追われていた。

文吉は木戸を出て、新堀川に向かって走った。

朝の早い商家の小僧が店の前を掃除していた。文吉は川に出て、左右を見た。すると、菊屋橋とは反対の方角に人だかりがしていた。

文吉はそこへと急いだ。

野次馬をかきわけ、前に出た。着物を尻端折りにした商人ふうの男が仰向けに寝かされていた。

川に浮かんでいたのを引き上げたばかりなのか、頭や顔、それに着物が濡れている。

ここからでは顔はわからない。だが、着物の柄は同じだ。

死体のそばに、岡っ引きの吾平がいた。ときおり、野次馬を威嚇するようにねめ回す。

文吉はいったん野次馬の輪の外に出て、倒れている男の顔がわかる位置に移動した。

ひとの肩ごしに、男の土気色した顔を見た。

あの男かどうか、すぐにはわからない。似ているようでもあるし、似ていないような気もした。

町役人が死体に莚《むしろ》をかけた。顔が隠れた。

そこに同心がやってきた。吾平に手札を与えている北町奉行所の近田征四郎《ちかだせいしろう》だ。ひょろっと背の高い馬面《うまづら》の男だ。やけに、顎が長いが目鼻だちは整っていて、やや異様な感じがする。

「吾平、ごくろう」

そう言い、近田は死体のほうに向かった。

吾平の手下が莚をめくった。

「刀傷だな。殺《や》ったのは武士か。半日近く経っている。殺されたのはゆうべだな」

近田の声が聞こえた。

「身許を示すものは持っていません」

「竹刀胼胝があるな。武士かもしれぬ」

心の臓の鼓動が激しくなった。やはり、浄心寺裏で声をかけてきた男だ。男は文吉のところに巾着をとりに来たが、あいにく留守だった。そのために、どこかで時間を潰さねばならなかった。その間に敵に見つかってしまったのだ。

戸板が運ばれてきて、死体が乗せられた。身許がわかるまで、奉行所に置いておくのだろうか。

文吉は急いでその場を離れた。

どうしたらいいのだ。巾着の持ち主が殺されてしまった。巾着を預かったままだ。

その日、文吉は仕事場にいても、上の空だった。ときどき、手を休め、茫然《ぼうぜん》としていて、朋輩に注意された。

「文吉さん。どうしたんだえ。きょうは変だぜ」

「そうかえ、いや、なんでもねえんだ」

文吉は仕事に戻ったが、いつしか手が止まっている。

問題は巾着の始末だ。男にとっても追手にとっても、相当大事なものらしい。そんなものをこのまま背負いこんでいるなんてまっぴらごめんだ。

だが、どうしたらいい。どこかへ捨てるか。持ち主に返すのが一番いい。だが、持ち主がわからない。

質札の名は登勢とある。だが、どこに住んでいるのかわからない。裏に書かれた上島小平太は殺された男かもしれない。

「文吉。どうしたんだ？　どこか具合でも悪いんじゃねえのか」

親方が声をかけた。

「すみません。だいじょうぶです」

「無理はいけねえ。いまはちょうど仕事も手透きのときだ。月末からまた忙しくなる。そんときに具合が悪くなられたら困る。いいから、きょうは帰って休め」

「へえ」

親方は勝手に誤解していた。だが、このままでは仕事に身が入らない。ここは親方の誤解に任せ、

「それじゃお言葉に甘えさせていただきます」

と、文吉は応じた。

「ああ、いいぜ。ゆっくり養生してこい」

「へい」

「なあに、きょうはそんなに手の込んだ仕事はねえから、文吉さんがいなくてもだいじょうぶだ」

朋輩も言ってくれた。

親方たちに嘘《うそ》をついた後ろめたさもあって、文吉は逃げるように仕事場をあとにし、

長屋に向かった。

途中、岡っ引きの吾平や手下が八百屋から出てきて隣の炭屋に入っていくのを見かけた。

おそらく、殺された男を目撃した者がいないか、聞き込みに歩いているのに違いない。そう思ったとき、あっと声を上げた。

隣のかみさんだ。あの男が俺を訪ねてきたことを知っている。かみさんがそのことを吾平に言えば、今度は文吉のところに吾平がやってくる。

どういう知り合いだときかれたら、巾着を預かったことを話さなければならない。巾着は吾平にとられてしまうだろう。

命を懸けて預けた代物だ。それを、やすやすと吾平にとられたら申し訳が立たない。やはり、巾着のことは口に出来ない。

巾着のことを言わなければ、男がなぜ殺されたのかも理解出来ないだろう。

自分との関係を知られないのが一番だ。

長屋に帰ると、文吉はまっすぐ隣の家の前に立った。

腰高障子を開けると、かみさんが顔を出した。

「すまねえ。頼みがあるんだ」

「なんだね、藪から棒に」

「今朝、新堀で男の死体が見つかったことを知っているかえ。じつは、その男はきのう、あっしを訪ねてきた男かもしれねえ」

「文吉さんの知り合いかえ」

「違うんだ。じつは……」

文吉は言いよどんだ。

「いいよ、わかったよ。私は何も知らないことにしておけばいいんだろう」

「すまねえ」

文吉は安心したように言った。

自分の家に入り、行李から巾着を引っ張り出す。

質屋は『万屋』だ。偶然なことに、亀三が質入れしたところと同じだ。よし、ついでに、その質草が何かきいてみよう。

そう思い、文吉はまた長屋を飛び出していった。

二

文吉は田原町の『万屋』の前に立った。迷っていると、中から島田髷《しまだまげ》の女が出てきた。

質入れしての帰りのようだ。

ちらっと見えた店内に他の客はいなかった。深呼吸をしてから、文吉は暖簾をかき分け、土間に足を踏み入れた。

帳場格子に一膳飯屋で見かけた男が座っていた。主人の藤十郎だ。

「いらっしゃいませ」

土間に突っ立っていると、番頭ふうの男が声をかけてきた。

「へえ」

文吉はその男に向かい、

「あっしは客じゃねえんです。ちと、お伺いしたいことがありまして」

と、切り出した。

「なんでございましょうか」

番頭が促した。

「この質札なんですが」

文吉は質札を見せた。

「これは私どもの質札でございますね。おや、これは……」

番頭が質札を見て不思議そうな顔をした。

「ちょっと事情がありまして、この質札を預かっております。お返ししたいので、ここに書かれている登勢というひとの住いを教えていただきたいと思いまして」

「その事情とやらをお聞かせ願えませんか」

番頭が顔色を変えて言う。

「そいつは、あるひとから預かった巾着の中に入っていたんです。ですが、そのひとは急に亡くなってしまい、私も途方にくれて、質札に書かれたひとに渡すのが一番だと思い、こちらにやってきた次第でして」

「少々、お待ちください」

番頭ふうの男は帳場格子の中にいる藤十郎のそばに行き、質札を見せた。何か話している。藤十郎が顔をこっちに向けた。

目が合って、文吉はあわてて頭を下げた。

藤十郎が立ち上がって、文吉の前にやってきた。

「これをあなたに預けたひとはお亡くなりになったそうですが、そのお方とあなたはどのようなご関係なのでしょうか」

藤十郎は穏やかだが厳しい目を向けてきいた。

「関係なんてないんで。ただ、通りすがっただけなんです。そんとき、声をかけられ、しばらく預かってくれと。ところが、そのひとは急にお亡くなりに」

「なぜ、亡くなったのですか」

「それは……」

「ひょっとして殺されたのでは？」

「えっ、どうしてそれを？」

「今朝、新堀川で死体が見つかったと聞きました。刀で斬られたとか。ひょっとして、そのひとから預かったのではありませんか」

「そうです」

藤十郎に見透かされているようで、生唾《なまつば》を呑み込んでから、文吉は答えた。

「詳しく事情を聞かせてもらえませんか。ここでは話も出来ません。どうぞ、こちらにお越しください」

藤十郎は有無を言わさぬように言った。

文吉は帳場の奥の小部屋に通された。そこで、改めて、藤十郎と差し向かいになった。

「さあ、詳しい話をお聞かせください」

「へい」

何から話すか迷いながら、文吉は切り出した。

「深川浄心寺裏の山本町にあっしの別れた嬶と子どもが住んでおります。一昨日《おとつい》、三年ぶりに、ひと目顔だけでも見てみたいと思って浄心寺裏に行きました。ふたりの顔を遠目に見て、元気そうなので安心して引き上げかけたとき、浄心寺裏で男に声をかけられたのです。その男から、これを預かってくれと頼まれました」

文吉は巾着を見せて続けた。

「この中に、一両小判と質札が入ってました。これを預けた男は数人の武士に追われてました。そして、きのうの昼、あっしの留守中にその男が長屋に訪ねてきたんです。隣のかみさんに夜になったら出直すと言って引き上げたそうですが、夜になってもやってきませんでした。そしたら、今朝、新堀川で死体になっていたんです。ほんとうなら、番屋へ届けたほうがいいのかもしれません。ですが、預けた男の必死の様子を思い出すと、どうしたものかと……」

「うちの番頭が確かめましたが、この質札にある登勢というひとが書いた場所に当人はいませんでした。お登勢さんは、出鱈目を書いたようです」

藤十郎は答えた。

「じゃあ、返す当てはねえってことに」

文吉は落胆してきいた。

「いや、登勢というひとが、その男が死んだことを知ってどう出るか。ただ、のっぴきならない事情があって、質札を他人に預けたのでしょうが」

「質札の裏に書いてある上島小平太というのが殺された男でしょうか」

「そうかもしれません」

「どうしたら、いいんでしょうか」

「あなたさえ、よろしければ、これは私に預からせていただけますか」

「ええ、そりゃ、そのほうがあっしの気が楽になりますから」

文吉は藤十郎の誠実な対応に安心して答えた。

「ともかく、登勢というひとが現れるのを待つしかありません」

「へい。お願いいたします。じゃあ」

と腰を浮かしかけて、文吉ははたと思い出したことがあった。

「ついでに、もうひとつお伺いしてよろしいですか」

「なんでしょう」

「じつは、亀三という男がこちらさんに質入れをして五両を貸してもらったと言ってます。あの男が五両も値のつく質草を持っていたことが不思議でして。いってえ、その品物が何だったのか、ちと知りたくなったのです」

「あなたと亀三さんのご関係は？」

「へえ。話せば、ちと長くなるので、かいつまんで話します」

と、文吉は自分が三年間に貯めた二十両を持って、別れた妻子に会いに行くつもりだったと話してから、

「ひょんなことから首をくくろうとした女を助け、事情をききました。すると、十五両がないと身を売らなければならないと言うんです。あっしも迷いましたが、結局二十両

を女にやっちまいました。その女の隣に住んでいたのが亀三で……」

と、だいぶ端折《はしよ》って説明した。

「つまり、亀三は金に余裕のある奴《やつ》が二十両を恵んだのなら素直に礼を言うが、あっしみたいな貧乏人になけなしの金を出させるわけにはいかないと理屈をこねやがるんです。そう言ったって、亀三だって貧しい暮しです。どうして金をこしらえたのだときいたら、家代々に伝わる大切なものを質入れしたと言います。でも、そいつが何か言おうとしません。で、こうしてお訊ねしているわけでして」

「そうですか。亀三さんに断りなく品物を教えるわけにはいきませんが、確かに大切なものを預かっております」

「でも、この先、五両の金をこしらえるなんてたいへんだ。もし、請け出せずに品物が流れちまったら、亀三は困ることにはなりませんかえ」

文吉は身を乗り出し、

「亀三から預かった五両を持ってきます。ですから、利子だけで請け出せるようにしてもらえませんか」

「それでは、亀三さんの思いを無にしてしまうことになりませんか」

「ですから、それは黙っていればわかりません」

「でも、期限がきたとき、わかりますよ。そのとき、あなたがそんな真似をしていたと知ったら、亀三さんはどんな気持ちでしょう」

「それは……」

文吉は返答に窮した。

確かに、自分が亀三の立場になってみればわかる。金が出来ずに、『万屋』に顔を出したとき、じつは文吉さんが云々と聞かされたら面目が立たないだろう。

「その五両はあなたが持っていることです。そして、期限がきたとき、あなたが改めて亀三さんにそのお金を返せばよいでしょう」

「なるほど」

文吉は合点した。

「わかりやした。そうしやす」

文吉は少し気持ちが楽になって小部屋を出た。

翌日、文吉が背中を丸めて小槌で簪の飾りを彫っていると、内儀さんが呼びに来た。

「文吉さん。親方がお呼びだよ。客間だよ」

「へい。ただいま」

小槌を置き、文吉は立ち上がった。

他の職人たちはみな作業台に向かっている。

文吉は仕事場の隣にある小部屋の前に行き、

「文吉ですが」

と、声をかけた。

「おう、入れ」

中から親方の福造の声がした。

「失礼します」

襖《ふすま》を開け、部屋に入ると、親方の前に恰幅のよい男が座っていた。ふくよかな顔をしている。

「うちの職人の文吉です。こちらは下谷広小路にある小間物商『紅屋《べにや》』のご主人だ」

親方が引き合わせた。

「文吉でございます」

文吉は紅屋に挨拶した。

「おまえさんが文吉さんか」

紅屋は目を細めて言った。

「文吉。じつは紅屋さんからの頼みだ。これ」

親方は千生《せんな》り瓢箪の図柄の飾り簪を見せた。

「あっ、これは……」

文吉が深川にいる頃に、仲町の芸者の依頼で作ったものだ。

「まさか、あの姐《ねえ》さんに何か」

あの芸者は喜んで髪に挿していた。その簪が目の前にある。持ち主に何かあったと思うのが当然だ。

「いえ、そうじゃないんです」

紅屋が口を開いた。

「たまたま、さる大店の旦那がお座敷でこの簪を見て気に入りましてね。その職人に飾り簪を作ってもらいたいというご希望なんです。で、さっそく芸者から職人の名を聞いて北森下の親方を訪ねたところ、その職人はやめていると言われた。そしたら、なんと福造親方のところにいるらしいというじゃありませんか。で、さっそく、親方に頼みに来たというわけです」

「そりゃあ、どうも」

自分の仕事が褒められて悪い気はしない。文吉は改めて簪を眺めた。久しぶりの対面だが、よくよく見つめて顔をしかめた。

「この頃は、この程度のものを作って得意気になっていたかと思うと、恥ずかしい限りです」

「ほう。これでもお気に召しませんか」

紅屋は呆れたようにきいた。

「へえ。この三年、福造親方のところで目一杯修業させてもらいました。いまなら、もう少しましなものが作れると思います」

「そうですか。それは頼もしい。どうだろうか。その旦那の注文を引き受けてもらえないだろうか」

「へえ、ですが」

むろん、自分独自の飾り簪を作ってみたいという思いは強い。願ってもない話だが、親方の許しが出るかどうか。

「文吉。引き受けな」

親方が言った。

「えっ、いいんですかえ」

「せっかく、紅屋さんがお話を持ってきて下さったのだ。お引き受けするがいい」

親方が機嫌がいいのは、これで『紅屋』とも取引が出来るようになるからだろう。『紅屋』といえば、大きな店である。注文の数も多いに違いない。

「で、先方の注文はどんなもので？」

文吉はきいた。

「知り合いの娘が嫁入りすることになったので、そのお祝いに贈りたいそうです。婚礼が来年の四月ということで、咲き誇った藤の花をご所望です。ただ、藤の花だけでなく、そこに何かを付け加えてもらえないかと」

「わかりました。やってみます」

「うむ、ありがたい」

紅屋は相好《そうごう》を崩した。

「ただ、図柄を考えるにあたり、一度、その娘さんの姿を拝ませていただきたいと思うのですが。いえ、遠目でいいんで」

「それは構わないと思います。依頼主の旦那に確かめてみますが」

「そうだな。注文をいただいた挨拶がてら、お会いしてくるがいい」

親方も頷いて言った。

「で、どこなのでございましょうか」

「本郷四丁目にある古着屋の『松島屋』さんです」

「『松島屋』？」

文吉は脳天を叩かれたような衝撃を受けた。『松島屋』は新太郎の実家だ。

あの父親は鬼だと言った亀三の言葉が蘇る。新太郎とおさよを許そうとせず、ふたりが死のうとまで追い詰められているのに助けようともしない。

そんな男の依頼など受けられない。

後ずさりしてから、文吉は深々と頭を下げた。

「申し訳ありません。いまの話、なかったことにしてください」

「なに？　おい、文吉。いま何て言ったんだ？」

親方がきき返した。

「へえ。このお話、お断りしたいと思います」

「文吉さん。それはまた、どうしてだね」

紅屋も顔色を変えた。

「文吉。たったいま、やると言ったじゃねえか。その舌の根も乾かぬうちに、やらねえだと。いってえ、どういう了簡《りようけん》なんだ？」

親方も険しい顔だ。

「文吉さん。おまえさん、『松島屋』と聞いたとたん、態度が変わりなすったようだが、松島屋さんと何かあったのですかえ」

紅屋が静かにきいた。

「いえ、なんにもありません」

「何もないってことはねえだろう。松島屋さんと何があったのだ？」

親方が怒りを押さえているのがわかる。

「いったん引き受けたのを断るからには、それなりの説明がなけりゃ、紅屋さんにも失礼だ。わけを言うんだ」

親方の声が怒りで震えている。

「へい」

「へいじゃねえ。言いやがれ」

「文吉さん。仰ってくださいな」

紅屋も急《せ》かした。

「『松島屋』には新太郎という勘当された息子さんがおりますね」

思い切って、文吉は口にした。

「よくご存じで」

紅屋は不思議そうに文吉の顔を見つめた。

「ちょっとした縁で、新太郎さんとおかみさんのおさよさんと知り合いました。新太郎さんが怪我をし、どうしようもなくなって、おさよさんは『松島屋』の主人に許しを乞いに行ったんです。別れるから、新太郎さんの勘当を解いてくださいとね。そしたら、『松島屋』の主人はなんて言ったかわかりますかえ。おさよさんに死ねと言ったんです。生きていたら、新太郎さんに未練が残る。だから、死んでくれと」

文吉は思い出しても腸《はらわた》が煮えくりかえってきた。

「それで、おさよさんは首をくくろうとしたんです。新太郎さんもあとを追おうとした。

そのことを知っても、『松島屋』の主人はふたりに手をさし伸べようとしなかったんです。『松島屋』の主人に会いに行ったあっしの知り合いは、鬼だと言ってました。そんな鬼のようなおひとの注文には応じられません。どうか、お許しください」

畳に手をつき、文吉は深々と頭を下げた。

「そうですか」

紅屋がため息混じりに言った。

「どうぞ、あっしがそう言っていたと話してもらっても結構です。親方、そういうわけなんで、どうぞ勘弁してやってください」

うむと、親方は唸《うな》ったきり黙っている。

「じゃあ、失礼いたします」

文吉は逃げるように部屋を出た。

自分で図案を考え、自分にしか出来ない細工の簪を作る。せっかくのいい仕事だったが、運がなかったと思うしかなかった。松島屋の注文を受けることは、亀三に対する裏切りでもあるような気がした。

作業台に戻って、続きをはじめる。仕事に集中していれば、何もかも忘れられる。文吉は一心不乱に小槌を使った。

目の端で、紅屋が帰る姿をとらえたが、文吉は仕事の手を休めなかった。

親方は憮然《ぶぜん》とした顔で、文吉に声をかけようとしなかった。せっかく、『紅屋』とつながりが出来ると思ったのが、文吉の妙な心持ちから御破算になってしまったのだ。文吉も親方と顔を合わせるのがつらかった。

暮六つの鐘を聞いて、文吉は道具を片づけはじめた。

外に出ると、身震いをするような冷気が全身を包んだ。親方の目が脳裏を掠める。くだらないことにこだわりおってと、親方の顔はそう言っていた。

厳冬ではないのに、周囲の風景がすべて凍りついているように見える町中を歩き、阿部川町の長屋に帰ってきた。

自分の住いの腰高障子が少し開いていた。おやっと思いながら、文吉は戸を開けた。明かり取りの窓から射す月明かりは、部屋の奥までは届かない。

土間に立ったまま、暗い部屋が何かいつもと違う様子を感じた。急いで上がって、行灯に明かりを灯した。

あっと叫んだ。行李の中身が外に散らかり、ふとんも放り出され、神棚も荒されていた。瞬間に思い浮かべたのは亀三から預かった五両だった。

行李の奥にしまっておいたのだ。盗まれたと思いながら片づけていると、五両を包んだ包みが畳に落ちた。

五両は無事だった。狙いはあの巾着だと気づいたとき、戸が開いて、隣のかみさんが入ってきた。文吉の声を聞いたのだろう。

「あれ、これは」

かみさんが素っ頓狂な声を出した。

「泥棒かえ。すぐに自身番に」

かみさんが出ていこうとするのを、

「あっ、待ってくれ」

あわてて引き止めた。

「幸い、盗まれたものはねえ。岡っ引きにあれこれきかれるのもいやだから、黙っていてくれないか」

「でも」

「とられたものはないからいいんだ」

「そう。でも、あのお侍かねえ」

かみさんが思い出したように言う。

「誰か来たのか」

「ええ、お侍さんがやってきて、先日、商人ふうの男がこの長屋にやってきたはずだが、誰を訪ねたか知らないかってきいたんだよ。だから、ついうっかり文吉さんのことを話してしまったんだよ。すまなかったねえ。そのお侍さんはそのまま引き上げたけど」

「そうだったのかい」

その侍が誰かを使って家捜しさせたに違いない。その侍は上島小平太と思われる商人体の男を殺した一味に違いない。

「でも、とられたものがなくてよかったね」

かみさんがほっとして言う。

「ああ」

文吉は行李を元通りにし、ふとんを畳み、神棚の乱れも直した。かまどや流しにも探し回ったあとがあった。

「大家さんにも話しておいたほうがよくないかえ」

「ここを荒し回った奴はあっしと誰かを勘違いしたんだ。これが泥棒だったら、大家さんにも自身番にも話すけど、そうじゃねえ。勘違いとわかったら、もう二度と現れない」

「そうだね。こんな長屋に泥棒が入るわけないものね」

「すまねえ。騒がせて」

文吉は引き上げるかみさんに頭を下げた。

追手の侍は殺された男がこの長屋にやってきた理由《わけ》を、預けてある品物をとりに来たのだと悟ったのに違いない。

改めて、『万屋』に預けてよかったと思った。

三

暖簾をくぐってきた男を見て、敏八は覚えず顔をしかめた。だが、それは一瞬で、

「親分さん。いらっしゃいまし」

と、すぐ愛想笑いを浮かべた。

岡っ引きの吾平だ。

「盗品を探している。入質の台帳を見せてもらおうか」

吾平は含み笑いをした。いやな男だと思いながら、敏八は台帳を見せた。

「どれ」

吾平は台帳を調べはじめたとたん、ある箇所を指さした。

「この煙草盆の入質証文を見せてもらおうか」

吾平が口許を歪めた。

「はい。少々お待ちを」

敏八は入質証文の綴じ込みを引っ張り出し、煙草盆の入質証文を見せた。

「こいつは、盗難届が出ているものだ。おい、盗品を質物にとったら、どうなるかわか

っているだろうな」

吾平が威圧的になった。

「いえ、とんでもない。私どもはそんな真似はしておりません」

「だが、盗品を質物にとっている」

吾平は決めつけた。

「少々、お待ちください」

敏八は帳場の隣の小部屋に行った。藤十郎は来客と会っている。ときたまやってくる綱次郎《つなじろう》という男で、藤十郎と同じ年齢ぐらい。敏八にはいつもにこやかな顔を向けるが、抜け目のなさそうな目をした男だ。

『万屋』には大身の旗本が金を借りにくる。しかし、大身の旗本の注文に応じるだけの金が『万屋』にはない。それなのに、どうして金を貸せるのか。その秘密がこの綱次郎にあると睨んでいる。金の出所は綱次郎だ。しかし、綱次郎が金を持っているようには思えない。つまり、綱次郎は使者なのだろう。

「お話し中、申し訳ございません。旦那さま」

襖の外から、敏八は呼びかけた。

「どうした?」

藤十郎が襖を開けた。綱次郎の姿が見えた。

「いま、岡っ引きの吾平が」

敏八は小声で言う。

「すぐ行く」

藤十郎は綱次郎に顔を向け、

「しばらくお待ちください」

と言い、小部屋を出た。

戻ると、吾平が上がり框に腰を下ろし、煙草を吸っていた。

藤十郎が前に座ると、吾平は煙管の雁首《がんくび》を灰吹の縁にぽんと叩いて灰を落とした。

「おう、万屋。盗品を質物にとったな。この煙草盆は盗まれたものと訴えが出ている」

煙管を煙草入れにしまいながら、吾平は勝ち誇ったように言う。

「この品物を預かるときに盗難届けは出ておりましたか」

藤十郎は落ち着いて切り返した。

「いや、盗んですぐにここに持ち込んだのだろう。品物が盗品かどうか目利き出来なかったのはそっちの落ち度だ。お咎めは免れねえ」

「盗品ではないと判断しました」

藤十郎は静かに反論する。

「だが、盗品だったのだ。言い訳はならねえ」

「では、どうなさると？」

「まあ、ひと月ぐらいは営業停止、場合によっては主人の藤十郎は百敲《ひやくたた》きの刑か」

吾平はにんまりした。

「ちなみに、どこで盗まれたものでございますか」

藤十郎は動じずにきく。

「回向院《えこういん》裏にある音曲の師匠の家だ」

「それは変です」

「何が変なのだ？」

「じつは、この品物を持ってきた男は、お店者《たなもの》を装っていましたが、ちょっと不自然なところがありました。盗品の疑いというより、男の挙動に不審を持って調べてみました」

「…………」

「男のあとをつけさせました」

「なんだと」

吾平は予期せぬことを聞いてあわてた。

「男は、回向院裏にある音曲の師匠の家に入って行ったとのこと」

「ばかな」

「その師匠はおつたさんではありませんか」

あっ、と吾平は叫んだ。

「質入れに来たのは、おつたさんの兄の辰三《たつぞう》という男です」

吾平は口をあえがせたが言葉にならない。

「つまり、こういうことです。辰三は妹の家から煙草盆を盗み出して私どものところに持ち込んだのです。もし、盗品だとしたら、辰三が盗んだことになりましょう。しかし、辰三の言い分もきかないとはっきりしたことは言えません。というのも、辰三の背後に黒幕がいるようでございますから」

「ば、ばかな」

吾平はうろたえたように口をあえがせた。

「じつは、辰三を調べた者の報告によりますと、辰三はどうやら何者かから頼まれて妹の家にあった煙草盆を質入れしたとのこと。吾平親分。どうぞ、まず、辰三から話を聞いてください」

「…………」

「辰三とて、このままなら盗っ人として小伝馬町《こでんまちょう》送りになりましょう。だから、ほんとうのことを喋《しゃべ》ると思うのです」

吾平は何も言い返せずにいる。それにしても、藤十郎はいつ辰三のことを調べたのか。

藤十郎は自分の知らない何か大きな力を持っていると、いつもながらに敏八は圧倒される思いだった。

「よし。また、出直す」

吾平が憤然として引き上げようとしたので、

「親分。もし、黒幕がわかったら、へたな細工をしても無駄だと伝えてもらえませんか」

と、藤十郎が声をかけた。

吾平は黙って土間を出ていった。

「旦那さま。一時はどうなることかと思いました。でも、いつあの男のことを調べたのでございますか」

敏八はほっとしたようにきいた。

「たまたまだ」

短く言い、藤十郎は小部屋に戻っていった。

藤十郎には手足となって働く何者かがいるのではないか。そんな気がしてならない。

吾平は苦り切った顔で、『万屋』を出た。

すっかり、見透かされていた。盗品がらみで、追い詰めてやろうと思ったが、まったく効き目がなかった。

盗品の件はこのままうやむやに済ますしか他に手立てはない。

いったい、藤十郎という男は何者なのだ。ただの質屋の主人とは思えない。

『万屋』のもうひとつの入口からは武士がときおり入っていく。大身の旗本の用人のような者が多い。

旗本が金を借りに来るのだろうか。だとしたら、それは町の人間に貸す少額ではなく、数百両あるいは数千両単位の話のはずだ。

しかし、『万屋』はそんな金をどこから用立ててくるのか。『万屋』の背後にはとてつもない富豪の金主が控えているにちがいない。

そこのからくりを探り出せば、金になる。吾平はそう思い、なんとか弱みを握ろうとしているのだが、その都度失敗している。

ちくしょう。何とか万屋藤十郎に一泡吹かせてやりたい。そんな思いから、吾平は常に子分の喜蔵に見張らせていた。

吾平が『万屋』の裏にまわったとき、

「親分。さっき、ときたま見かける小柄な男が入っていきましたぜ」

「よし」

『万屋』と金主の仲立ちをする人間がいるはずだと睨んでいる。いま来ている男がそうかもしれない。

吾平は男の正体を見届けようとした。

吾平は路地に身を隠し、男が出てくるのを待った。

それから四半刻（三十分）後、裏口から男が出てきた。小柄でやせた男だ。

男は大川のほうに向かった。吾平と喜蔵はあとをつけた。

吾妻橋の東詰を花川戸《はなかわど》のほうに向かう。大川からの冷たい風が顔に当たった。

男は花川戸から山之宿町《やまのしゆくまち》、山之宿六軒町と素通りし、聖天町《しようでんちよう》に入った。背後をまったく気にしていない歩みだ。

男は待乳山《まつちやま》聖天社への石段を上がった。聖天社の本尊は歓喜天で夫婦和合の御利益があるといわれ、訪れるひとは多い。小高い丘の上にあるので、大川を一望でき、景勝の地でもある。

境内はかなりひとが出ている。遅れて境内に入った吾平たちは男を探した。だが、見当たらない。

本殿の前まで行ったが、男はいない。吾平は焦った。そんなはずはないと思いながら、もう一度、境内を探す。ひとが多く、探すのが骨だ。

喜蔵が困惑ぎみに近づいてきた。

「やはり、いませんぜ」

「尾行に気づかれちゃいねえはずだ」

吾平は吐き捨てた。

だが、姿が見えないのは事実だ。尾行に失敗したことを素直に認めなければならなかった。

四

翌日の夜、いつものように暮六つの鐘を聞いてから道具を片づけ、文吉は仕事場をあとにした。

きょうも親方は口をきいてくれなかった。用事は他の職人を介して行われた。つまらねえ意地を張って、せっかくのいい仕事をふいにしやがって。文吉を無視することで、親方はそう責めているのだ。

他人からみれば、つまらない意地かもしれない。だが、精魂を込めた仕事をするには、それなりの相手でなければ出来ない。親方にすまないと思いながらも、この点では、文吉は親方とは相容《あいい》れないものがあった。

稲荷町から阿部川町の長屋に行くまでの間に、両側に寺が並ぶ場所がある。暗い場所だ。文吉が寺の山門の前にやってきたとき、ふいに黒い影が飛び出してきた。

脇腹に何かが当てられた。目を下に向けて、文吉はあっと声を上げた。匕首《あいくち》がつきつけられている。遊び人ふうの男だ。

「騒ぐな」

「境内に入れ」

男は匕首を脇腹に当てたまま、文吉の背中を押した。

文吉は山門をくぐった。本堂に提灯の明かりが見えたが、境内は真っ暗だ。男は文吉を欅《けやき》の樹の下に連れていった。

そこに、数人の侍が待っていた。闇の中で、顔ははっきりわからない。

中のひとりが前に出て、

「深川の浄心寺裏で、男から何か預かったはずだ。どこにある?」

と、押し殺した声できいた。

「なんのことかわからねえ」

「とぼけると、脇腹に風穴が開くことになるぜ」

匕首の切っ先を突き立てて、遊び人ふうの男がどすの利いた声で言った。

「どこへやった?」

「きのう、家捜ししたのはおめえたちだな。なかったはずだ。何も預かっちゃいねえ」

「あの男がおまえの長屋を訪ねたことは知っている。おまえに預けてあるものを返してもらおうとしたに違いない」

「知らねえ」

「よし。だったら、おめえの妻子にきいてみる」

「妻子だと？　俺にはそんなものはねえ」

寒さと恐怖に震えながらも、文吉は強がった。

「別れた女房と子どもだよ」

遊び人ふうの男が言った。

「確か、おけいと長太」

「どうしてそれを？」

この連中がおけいと長太を知っていることに身震いをした。

「そのふたりがどうなってもいいんだな。明日の朝、大川に浮かぶってこともあるんだぜ。それでもいいのかえ」

遊び人ふうの男が含み笑いをした。

「汚ねえ。やめてくれ。あのふたりは関係ねえ」

文吉は必死に叫んだ。

「だったら言うんだ」

「………」

文吉は窮した。

侍のひとりが言う。

「まだ、わからぬようだな。しかたない。まず、子どもから始末する。誰か深川に行け。まず、長太という子どもを始末せよ」

「待て。待ってくれ。言うから、ふたりに手を出さないでくれ」

文吉は喚《わめ》いた。

「素直に言えば、何もせぬ。さあ、言うんだ」

「『万屋』という質屋だ」

「質屋？　どういうことだ？」

「俺が預かったのは巾着だ。その中に、一両小判と『万屋』の質札が入っていた」

「偽りを申すな」

別の侍が怒鳴った。

「嘘じゃねえ。それを預けた男が死んだんで、始末に困って『万屋』に届けたんだ。ほんとうだ」

「何が質入れしてあった？」

「女物の煙草入れだ」

「煙草入れだと？」

「ほんとうだ。ただ、持ち込んだ女の住いは出鱈目だったそうだ」

「よいか。このことは黙っていろ。我らのことを、『万屋』にも告げるでない。もし、約束を違《たが》えたら、妻子を殺す」

文吉はすくみ上がった。

「言わねえ。絶対に言わねえ。だから、ふたりに手出しはしねえでくれ」

「約束を守れば、手出しはせぬ。よし、放してやれ」

侍が言うと、遊び人ふうの男は匕首を引っ込めた。

「おまえは本堂に向かうのだ」

「本堂？」

「さあ、さっさと行け」

文吉は言われたままに本堂に向かった。庫裏《くり》のほうに明かりが灯っているが、人影はない。寒い夜で、みな家の中に引っ込んでいるのだ。

本堂の前にやってきた。そっと振り返る。とうに、賊の姿はなかった。急に全身の力が抜けた。

が、すぐにおけいと長太の身が心配になった。

文吉は山門を飛び出し、新堀川沿いを蔵前のほうに向かった。蔵前に出てからもひた走り、浅草御門を抜けて、両国広小路から両国橋に差しかかった。

おけい、長太、無事でいてくれと内心で叫びながら、両国橋を渡る。本所、深川方面の町の灯が寂しげに煌めいている。

竪川にかかる二ノ橋を渡り、小名木川を越えて、浄心寺裏の山本町にようやくやってきた。懐から手拭いを出し、頰かぶりをする。

そして、懐かしい長屋木戸をくぐった。路地に誰も出ていない。家の中に閉じ籠もっているのだろう。

おけいと長太の家の前に立った。台所の櫺子《れんじ》格子の窓は閉まっている。中の様子は窺えない。

少し開けてみようと窓に近づいたとき、何かを蹴飛ばした。立てかけてあった桶《おけ》のようだ。

「なんだえ」

女の声が聞こえた。おけいだ。

ひとが出てくる気配に、文吉はあわててその場から離れ、厠の陰に隠れた。

腰高障子が開いて、長太が出てきた。

ああ、無事だったかと、文吉は胸をなでおろした。

転がった桶を直してから、長太は左右をきょろきょろ見た。文吉が身を屈めた。

「どうしたんだい？」

　おけいの声がした。

「うん、ちょっと」

　長太はじっとこっちのほうに目をやっている。何かに気づいているのだろうか。そのとき、猫が屋根を走った。

　長太は小首を傾《かし》げた。

「どうしたの、長太？」

　おけいも出てきた。

　覚えず、文吉は飛び出しそうになった。胸の底から突き上げてくるものがある。

「さあ、入ろう」

「うん」

　おけいは長太を促した。

　長太はこっちを気にしながら家の中に戻った。だが、今度はおけいがじっとこっちを見た。文吉は身が震えた。

　やがて、おけいも家に入った。

「おけい。俺は、あれ以来、一滴も酒を呑んじゃいねえぜ」

　無意識に、文吉は呟いていた。

翌日、文吉は落ち着かない一日を過ごした。仕事をしていても、ふいにきのうの連中のことが蘇る。

おけいと長太の身が心配なので喋ってしまったが、奴らは、『万屋』に対してどう出るのだろうか。そのことが気になった。

ひと言、このことを『万屋』に話しておかねばならない。そう思っても、話したら、おけいと長太の身に災いがあるかもしれない。どうしたらいいのだと、文吉は頭を悩ました。

午後になってしばらくして、内儀さんが、文吉を呼びに来た。

「親方が客間でお呼びだよ」

「へい」

文吉が小槌を置いて立ち上がった。

新しい仕事の注文かもしれないと、文吉は思った。文吉を名指しなのか、それとも親方の判断で、文吉に割り当てられたのか。

小部屋の襖の前で、

「失礼します。文吉ですが」

と、声をかけた。

「おう、入りな」

親方の声はこの二日間、文吉を無視し続けた厳しいものではなかった。少し、安堵《あんど》しながら、

「失礼します」

と、襖を開けた。

「さあ、入りな」

「へい」

文吉は膝を進めた。

「こいつが文吉にございます。文吉、『松島屋』の旦那だ」

「『松島屋』……」

親方の声に、文吉は覚えずのけぞりそうになった。細身の品のいい男が座っていた。

「文吉さん。はじめてお目にかかります。松島屋新右衛門《しんえもん》にございます」

松島屋は軽く会釈をした。

「へえ、文吉です」

文吉は畏まって居心地悪そうに名乗った。

「先日、文吉さんの作られた簪を見て、すっかり魅入《みい》られました。そこで、『紅屋』さんにお願いしたわけですが、『紅屋』さんから、文吉さんに断られたとお聞きしました。ですが、私はどうしても諦めきれませんでね。こうして、直《じか》にお願いに上がりました」

「へえ」

　想像とはまったく違った柔和な顔だちの松島屋に、文吉は戸惑った。

「改めてお願いいたします。どうか、簪を作っていただけませんか」

　松島屋は頭を下げた。

　どうすべきか。断るか。それとも引き受けるか。引き受けるにしても条件をつけるのはどうか。

　さまざまな考えが生まれ、頭の中を入り乱れた。やがて、ある考えに固まった。

「条件を吞んでくだされば、お引き受けいたします」

　文吉が言うと、親方が顔を朱に染めた。

「文吉。なんて言いぐさだ」

「親方、構いません」

　松島屋は親方の怒りを押さえて、

「文吉さん。条件とはなんでございましょう」

と、きいた。

「新太郎さんとおさよさんを許してやってください」

　松島屋の顔つきが険しくなった。

「失礼ですが、文吉さんは新太郎とどういうご関係ですか」

「いえ、直接関わったことはございません」

「それなのに、どうして新太郎に肩入れされるのですか」

「おさよさんが首をくくろうとしているところに出くわしたんです。わけをきいたら、おさよさんは、松島屋さんに会いに行ったそうですね。別れるから新太郎さんの勘当を解いてやって欲しいと訴えたら、おさよさんが生きている限り、新太郎の気持ちは変わらない。おまえが死んだら考えようと言ったそうじゃありませんか。だから、おさよさんは死のうとしたんです。新太郎さんのために」

「…………」

「おさよさんのどこが気に入らないんですか。貧しい家の女だからですか。料理屋の女中をしていたことがですかえ。旦那、ふたりを許してやってくださいな」

「それは出来ません」

「やっぱし、鬼だ」

文吉は吐き捨てた。

「文吉。なんってことを」

親方が叱った。

「いいえ、親方の前ですが、この際だから言わせていただきます。もし、あのとき、あっしが止めなかったらおさよさんは死んでいた。その頃、新太郎さんもおさよさんが死んだと思ってあとを追おうとしていたんです。隣家の亀三という男が止めたからよかったものの、最悪、ふたりは死んでいたんです」

文吉は激してきた。

「ふたりをそこまで追い込んで、それでも、親なんですかえ。親ってのは、子どもの仕合わせを守るためにいるんじゃねえんですかえ」

「文吉さん」

冷え冷えとした松島屋の声だ。

「あなたは、おさよという女の話を聞いただけで、一方的に私どもを非難されているようですが、あなたは所詮、無関係なおひとではありませんか」

「無関係ですって」

文吉は頭に血が上った。

「無関係だろうが、まさに死のうとしている女を助けたんだ」

「それだけではありませんか」

「それだけだと」

文吉はとうとう押さえきれなくなった。

「こんなことは言うべきことではないから黙っていたが、おれはそんとき、二十両をおさよさんにやったんだ。松島屋さんにとっちゃ端金《はしたがね》かもしれませんが、あっしにとっちゃ大金だ。おさよさんは金貸しから金を借りていて、返せなければ身を売らなくちゃならなかったんだ。これが、見捨てていられるか。俺は大事な金をふたりのために渡した。だから、ふたりには仕合わせになってもらわなければならないんだ」

「わかりました。仕事は諦めましょう」

松島屋は冷然と言った。

「失礼します」

文吉は頭を下げて腰を上げた。

やっぱし、鬼だ。人間の血が流れているとは思えねえ。文吉は腹が立ってならない。仕事に戻っても腸が煮えくり返っている。

それからすぐに松島屋新右衛門は引き上げていった。客間を出ていく松島屋の背中を冷たい目で見送り、改めて新太郎とおさよのことを思いやった。

この先、ふたりはどうやって暮らしていくのか。この前の二十両だって、借金の返済に消えてしまったはずだ。怪我が治れば新太郎は働き出すだろうが、妻子を養えるだけの稼ぎが出来るのか。

親方は仕事にかかっていたが、文吉に声をかけようとしなかった。おかげで、またも気づまりな時間を過ごさねばならなかった。

田原町にある小間物商の『白川屋』からの注文の簪がそこそこ売れていて、注文は途絶えないが、毎日同じ柄を彫っていくだけでは味気ない。

飾り職人としては、『松島屋』からのような注文の仕事をしてみたいというのが本音だった。だが、あんな男のためにこの腕は使いたくないと、文吉は思った。

他の職人たちも、黙々と簪を彫っている。

途中、内儀さんが火鉢に炭をくべる。やがて薄暗くなって、行灯に明かりを入れた。

暮六つになって、文吉は道具を片づけた。一日の予定はすべて仕上げた。文吉が親方に挨拶をして引き上げようとすると、

「文吉。ちょっと来い」

と、親方は立ち上がった。

居間に文吉を招じ、親方は長火鉢の前に座った。文吉は少し離れたところに腰を下ろした。

「もっと、こっちへ来ないか」

「へい」

内儀さんが茶をいれてくれた。小言を食うと思っていたので、意外だった。

「文吉。さっきの話はほんとうなのか」

親方が口を開いた。

「あの、なんのことで？」

「二十両を他人にやったって話だ」

「へえ、すみません。成り行きとはいえ、つまらねえ話を聞かせてしまいました」

「つまらねえ話じゃねえ」

親方は声の調子を高め、いっきに言った。

「おかみさんと子どもに会ってきたって話をしねえから、話し合いもうまくいかなかったのかと思い、こっちからあえてきこうとしなかったんだ。ところが、さっきの話じゃ、金をやっちまった。つまり、おかみさんに会いに行ってねえってことか」

「へえ。ただ、遠目で見てきただけです」

「文吉さん。おかみさんや子ども会いたさに、三年間あんなに頑張って貯めた金じゃないか。どうして、そうあっさり他人にめぐんでしまったんだい？」

内儀さんが真剣な眼差《まなざ》しできいた。

「あっしもそんときの自分の心持ちがよくわからないんです。ただ、目の前に死のうとしている人間がいて、自分が持っている二十両があれば助かる。そう思って、気がついたら、金を渡していたんです。でも、正直言って後悔しました」

「そうだろう」

親方も呆れたように言う。

「で、どうするんだ？　おかみさんや子どものことは？」

「ふたりとも元気そうでした。また、三年間、頑張って、もう一度会いに行きます」

「これからの三年は長いよ」

内儀さんが厳しい表情で言う。

「へえ、わかってます」

内儀さんの言葉が胸に堪えたが、文吉はやるしかないと思った。確かに、いままでの三年とこれからの三年では意味合いが違うかもしれない。

まず、年齢のことだ。確実に三年歳をとる。長太は十三歳になる。別れた時点から数えれば六年になる。

三年間は我慢出来たことが六年ではどうなるかわからない。心配なのは、おけいだ。今後、三年のうちには再婚話が出てこないとも限らない。いや、いまだってあるのかもしれない。

「ねえ、文吉さん。親方とも相談したんだけど、やっぱり、いまおかみさんたちに会わなくちゃ、あとで後悔することになると思うよ」

「へえ。それはわかっております。ですが、叶わないことですから」

「じつは、うちには先代から受け継いでいる景徳鎮《けいとくちん》の大皿があるんだよ。吉原の大見世《おおみせ》で使っていたものだそうだけど、何かの礼だと言ってもらったとか。それで、金を借りてきたらいい。うまくすれば十両にはなるかもしれない」

「とんでもない。そんな大事なものを使うわけにはいきません」

「いいんだよ。あと、五両はなんとかするよ。すると、十五両になる」

「十五両？」

亀三から預かった五両を加えれば二十両だ。しかし、亀三の五両は使わないでおこうと決めたのだ。

「やっぱし、いけません。親方や内儀さんにそんなことをしてもらっちゃ罰が当たります。どうか、なかったことにしてください」

文吉は辞退した。

「文吉。なにもただでやろうっていうんじゃねえ。貸そうというだけだ。ただ、この三年で返してもらえればいいんだ」

「でも……」

おけいと長太の顔が脳裏を掠め、文吉の心が動いた。会いたいという思いと、きのうの侍たちのことを思い出した。ふたりを守らねばならない。

「文吉、そうしろ」

「へい」

「よし。決まった。明日、大皿を持って『万屋』に行くんだ」

「『万屋』？　質屋ですかえ」

「そうだ」

「でも、質屋の期限はせいぜい一年ぐらい。もし、一年経っても請け出せなければ、流れちまうんじゃないですかえ」

「利子さえ払えば、だいじょうぶだ。そんな心配はいらねえよ」

「そうだよ。まず、おかみさんと縒りを戻すことを考えて」

「だからって、『松島屋』の注文を受けろだなんて言わねえから安心しな」

親方は鷹揚に言った。

「親方、内儀さん。すいません。このとおりでございます」

文吉は手をつき、畳に額をすりつけた。

「じゃあ、明日、文吉さんに『万屋』まで行ってもらおうかね」

「へい」

おけいと長太に今度こそ会える。そう思うと、文吉の心は弾んだ。

五

翌日。朝から客が立て込んでいた。それも一段落して、敏八がほっとしていると、暖簾をくぐって、三十過ぎの男と年配の女がやってきた。

「いらっしゃいませ」

敏八はふたりを迎えた。

男は先日やってきた、文吉という男だ。女は、飾り職人の親方の内儀さんだという。

文吉は風呂敷包みの荷物を持っていた。

「これなんだけど」

内儀が言うと、文吉が風呂敷包みを解いた。

立派な桐の箱に入ったものだった。

「拝見いたしましょう」

蓋を開けると、青い色彩の大皿だった。龍が描かれている。景徳鎮だ。

「これは結構なものでございますね」

敏八は皿を両手で持ち上げた。ためつすがめつ眺めまわしていたが、ふと、皿が微かに歪んでいるのに気づいた。

「少々、お待ちください」

敏八は奥に藤十郎を呼びに行った。

「旦那さま。ちょっと目利きをお願いしたいのですが。景徳鎮のようなのですが、微妙に違うような気もいたします」

書き付けの手を休め、藤十郎は腰を上げた。

「飾り職人の福造親方の内儀さんです」

敏八は客の名を告げた。

「いらっしゃいませ」

藤十郎は内儀に挨拶をし、さっそく大皿を手に持った。すぐ、大皿を戻した。

「いかほどご希望でございましょうか」

藤十郎がきいた。

内儀さんが言う。

「少なくとも十両を」

「申し訳ございません。この大皿は景徳鎮の贋物《にせもの》です」

「えっ、贋物？」

内儀さんが素っ頓狂な声を出した。

「はい。この龍の目は死んでいます」

「そんな。これは、吉原の大見世の旦那から先代が謝礼にともらったということでしたが」

内儀さんは納得いかないようだった。

「これと同じものはたくさん出回っております。おそらく、大見世の旦那も、本物だと信じていたのでしょう」

　藤十郎は無表情で告げた。

「そうなんですか」

　内儀さんは大きく肩を落とした。

「内儀さん。仕方ありません。帰りましょう」

　なぐさめた文吉も、声に元気がなかった。ふたりの落胆は大きいようだった。

「すまないね。文吉さんをぬか喜びさせてしまって」

　内儀さんが泣きそうな声で謝る。

「とんでもない。親方や内儀さんのお気持ちだけでもありがたいと思っています。さあ、行きましょう」

「お邪魔しました」

　内儀さんは藤十郎と敏八に頭を下げ、先に戸口に向かった。

　風呂敷を包み終えたあと、文吉が急に怯《おび》えたような顔になって、

「じつは、一昨日、数人の侍に威されて、質札の話をしてしまいました」

　と、藤十郎に話した。

「すいません。嬶と子どもを殺すって言われ……」

「わかりました。気になさらずに」

藤十郎が答える。

「じゃあ、失礼します」

安心した様子で、文吉は風呂敷包みを持って引き上げていった。

「旦那さま。その質札の荷物を請け出しに、きのう年配の武士がやってきました。質入れをした女の叔父だということでしたが、身許を証すものがなかったのでお断りいたしました」

藤十郎が外出しているときに、目つきの鋭い侍がやってきたのだ。少し押し問答になったが、ようやく引き上げた。

「そうか」

藤十郎は微かに表情を曇らせた。

「また来るかもしれない。どんなことがあっても、お客さまからお預かりした大切な物。迂闊《うかつ》に渡してはならぬ。何かあったら、すぐ如月さまを呼ぶのだ」

「はい」

用心棒の如月源太郎だ。昼間から酒を呑んでいて、いざというとき役に立つのか心配だが、藤十郎は相当頼っている。

だが、いままで、如月源太郎の手を借りたことは一度もなかった。

その夜の子の刻（午前零時）、敏八は戸を叩く音で目を覚ました。

敏八の部屋は帳場の近くにある。こんな時間に誰が来たのかと、不審を抱いた。

羽織を引っかけて、店に行くと、行灯に明かりが灯っていた。藤十郎が起きてきて、灯を入れたのだ。

「如月さまを起こしてきなさい」

藤十郎が小声で言う。

「はい」

敏八は通り庭をぬけて、離れに向かった。こぢんまりした離れの雨戸を叩き、

「如月さま」

と、声をかけた。

三度目の呼びかけで、如月源太郎が起きてきた。帯がずり落ち、寝間着がだらしなく乱れている。

「なんだ、こんな時間に？」

酒臭い息を吐いて、源太郎がきいた。

「旦那がお呼びです。外に誰かが来ています」

源太郎の目が光った。

「よし」

部屋にとって返し、刀を持ってやってきた。

店先にかけつけると、藤十郎が源太郎と敏八に命じた。

「如月さま。呼ぶまで隠れていてください。敏八は奉公人たちといっしょに二階にいるんだ」

「はい」

源太郎は帯を直し、寝間着の裾を尻端折りして、闘う態勢を整えていたが、言われたとおり、柱の陰に隠れた。

敏八は二階に上がって、手代や小僧たちに部屋から出ないように言い、自分は梯子段《はしごだん》を下り、店先の様子を窺った。

藤十郎が潜《くぐ》り戸《ど》の覗き窓から外を見て、

「どちらさまで」

と、声をかけた。

「へい、自身番の者でございます。八丁堀の旦那が火急の用事だと仰っております。ここを開けてくださいませぬか」

このような時間に同心が来るはずはない。嘘だ、敏八は思った。

だが、藤十郎はさるを外し、戸を開けた。

いきなり、覆面で面体《めんてい》を隠した袴姿《はかますがた》の侍がなだれ込んできた。三人だ。

「なんですか。あなた方は？」

藤十郎は静かにきく。

大柄な武士が藤十郎の前に出て、

「先日、登勢という女が預けた品物を受け取りたい。出してもらおうか」

と、迫った。

「ご本人さま以外、お渡しすることは出来ませぬ」

「我らは代理の者だ。登勢に頼まれてやってきた」

「ならば、昼間、堂々といらっしゃってください」

「急いでおるのだ」

「代理と申されましたな。それを証すことは出来ますか。まず、どちらの御家中か、お話しください」

「それは、ゆえあって言えぬ」

「では、あなたさまのお名前は？」

「言っても詮ないこと。黙って出してもらいたい」

「お断りします。お帰りください」

「では、仕方ない。力ずくで取り上げることにする」

侍は抜刀し、切っ先を藤十郎の喉元に突き付けた。敏八ははっとしたが、藤十郎は動じなかった。

「そんな真似をしても無駄です。名前を名乗れないなら、お引き取り願いましょう」

「なに」

侍はぐいと刃を藤十郎の首に当てようとした。

が、瞬間、藤十郎の姿が消えたと思ったら、相手の腕を押さえつけていた。敏八の目にまったく入らないほどの早業だった。

「おう、やめるんだ」

他のふたりの侍がいっせいに抜刀した。

大音声を発して、如月源太郎が出てきた。

「きさま、なに奴」

「ここの用心棒だ。いつもただ酒を呑ませてもらっているのでな。こういうとき、ひと働きせぬとお払い箱になってしまう」

源太郎は刀を抜いて土間に飛び下りた。同時に、ひとりの侍が斬りかかった。源太郎は大きく刀を振って、相手の刀を弾き、隙が出来た小手に鋭い一撃を加えた。

うっと、呻《うめ》いて、その侍はくずおれた。

その間に、藤十郎は相手から刀を奪い取って、逆に相手の喉に切っ先を突き付けていた。

「名を聞かせていただこう」

藤十郎は切っ先を喉に当てたまま言った。

「動くな。刀を捨てないと、この御仁《ごじん》の喉から血が噴き出ることになる」

藤十郎は残りのひとりを威嚇してから、

「なぜ、あの品物を手に入れたがるのだ？」

と、問いつめた。

「話せないのか。では、せめて覆面をとって、その面体を見せていただこう」

「………」

「自分でとれないのなら、とってやろう」

藤十郎は刀の切っ先を覆面に当てた。

「待て」

侍が苦しそうな声を出した。

侍は自分で覆面を脱いだ。現れたのは浪人髷のむさい顔だった。

「浪人か」

「我らは、ただ頼まれただけで、何も知らない」

「頼まれただけ？」

「そうだ。ここに押し入り、登勢という女が質入れした煙草入れをとってくるように頼まれたのだ。ほんとうだ」

「頼んだのは誰だ？」

「名は知らぬ。編笠をかぶった武士が、口入れ屋から出たところで声をかけてきた」

「皆、そうやって集められたのか」

「そうだ。ひとり一両で」

源太郎がいきなり潜り戸に向かって走った。そして、外に飛び出した。

すぐ引き返してきて、

「誰かが逃げていった。おまえたちを雇った者だな」

と、源太郎はきいた。

「そうだ」

「万屋さん。どうするね、この連中？」

「事情は何も知らないようです。引き上げてもらいましょう」

藤十郎は浪人たちに向かい、

「さあ、帰るのだ。二度と、ばかな真似はせぬことだ」

と、諭すように言った。

三人が外に逃げ出したあと、源太郎が、

「万屋さん。いいのか、帰して。俺が見たところ、三人目の男はあやしい。浪人ではなかったのではないか」

「そのとおり。あの男は浪人を雇った武士の仲間だ」

「知っていて、なぜ、逃がした？」

「捕まえても無駄だからだ。ほんとうのことを言おうとはしないだろう。それに、覆面の下の顔は若そうだった。へたをすれば、腹を切りかねない。そこまでするのは酷だ」

「そうか」

源太郎は大きくあくびをし、

「久々に暴れられるかと思ったが、なんともあっけなかった。おい、敏八」

と、敏八に声をかけた。

「目が覚めてしまった。酒を持ってこさせてくれ」

「この時間にですか」

梯子段を下りて、敏八は不満を露《あらわ》にした。

「そうだ。待っているぞ」

源太郎は離れに戻っていった。

敏八は台所で酒の支度をしながら、いまの出来事を思い返していた。よほど大事なものに違いない。また、何らかの形であの品物を奪いに来るのではないかと、敏八は胸の騒ぎがなかなか鎮まらなかった。

第三章　罠

一

数日後の夜。回向院裏の音曲の師匠おつたの家の居間で、岡っ引きの吾平は苦い酒を呑みながら、『万屋』の件の愚痴を言った。

「ちくしょう」

いまいましげにのっぺりした顔の辰三が吐き捨てた。

「親分。でも、どうしてわかっちまったんですかえ」

おつたが細い眉を寄せてきいた。二十六歳だが、ふくよかな顔立ちは若く見える。

「辰三がつけられたんだ。俺と会っていたのを知ってやがったんだ。油断も隙もあったもんじゃねえ」

吾平は万屋藤十郎という男のことがずっと気になっている。ただ者ではない。単なる質屋の主人ではない。

「それにしても、親分はどうして『万屋』に目をつけているんですかえ」

辰三が不思議そうにきいた。

「あの質屋には、もうひとつの入口がある。いつぞや、そこから帰っていく武士のあとをつけた。どこへ向かったと思う？」

「さあ」

「旗本屋敷だ。それも大身のな」

「えっ」

「あそこに旗本の用人らが出入りをしている。おそらく、大身の旗本にも金を貸しているに違いねえ。大店ならともかく、あんなちっぽけな質屋にそんな財力があるとは思えねえ」

「するってえと、どういうことで？」

辰三は好奇心に満ちた目をした。

「何かからくりがあるんだ」

「からくりってえと？」

「まさか、盗賊？」

おつたが口を挟んだ。

「それもひとつの考えだ。いずれにしろ、『万屋』には何かある。その秘密を握れば、金になる。おつた。酒をくれ」

おつたはもとは深川の芸者だったのを材木商の旦那に身請けされたのだが、その旦那が亡くなったとき、吾平が旦那の息子からたんまり手切れ金をふんだくってやった。その金で、おつたは回向院裏に家を構え音曲を教えるようになったのだ。目鼻立ちがはっきりしている。目は大きく、鼻や口も大振りで、派手な顔だちだった。芸者だっただけに、男に媚《こび》を売ることには長《た》けている。そのせいか、たちまち男の弟子が増えた。

いつしか、吾平はおつたの間夫《まぶ》になっていたが、弟子たちには気づかれないように気を使っている。吾平は夜しかここに足を向けないようにしている。

おつたと吾平が男と女の関係になったので、本所や深川界隈でゆすり、たかりをしている兄の辰三も、吾平の後ろ盾を得て、好き勝手な真似が出来る。

『万屋』に盗品をつかませることを子分の喜蔵が考えついたとき、すぐ脳裏に浮かんだのが、おつたと辰三だった。

だが、こっちの企みは簡単に見抜かれてしまった。

「盗難届けを引っ込めたら、辰三は『万屋』に行って、品物を請け出してこい」

「へい」

辰三は口惜しそうに応えたあとで、

「親分、『万屋』の秘密をなんとか探ることは出来ませんかえ。あっしも手伝いますぜ」

「ああ、いずれ、手を貸してもらうこともあろうよ」

「はい。親分」

おつたが酒を注いだ。

そのとき、物音がした。外は冷たい風が吹いている。風のせいかと思ったが、家の中からだ。

「おい。どこか、窓が開けっ放しじゃねえのか」

吾平が顔をしかめた。

「いえ、そんなはずはないけど」

おつたが立ち上がって、台所に向かった。

「誰だえ!?」

悲鳴のようなおつたの声に、吾平は身構えた。辰三も腰を浮かした。

「おつた、どうした?」

吾平が立ち上がって台所に行きかけると、おつたが後ずさってきた。

「おつた、いってえ……」

吾平の声が途中で止まった。

「誰でえ」

黒い影が迫ってきた。宗十郎頭巾で面体を隠した武士だ。

「静かにしてもらおう。そなたたちに仇《あだ》なす者ではない」

くぐもった声がした。

「何を言いやがる。勝手にひとの家に入り込みやがって」

吾平はおつたを引き寄せながら、言った。

「そなたたちに相談があって参った。まあ、座れ」

武士は落ち着いていた。

吾平は威圧されたように、元の場所に腰を下ろした。辰三も呆気《あっけ》にとられて座り込んだ。武士はおつたにも座るように言った。

「話とは他でもない」

おつたが座るのを待って、武士が切り出した。

「『万屋』のことだ」

「『万屋』？」

「そなたが『万屋』を目の敵にしていると聞いて参上した」

「いってえ、誰からあっしのことを？」

「北町奉行所の近田征四郎どのだ」

「えっ、近田の旦那？」

吾平は耳を疑った。なぜ、近田征四郎がこの武士に手を貸すのか。それより、なぜ近田が、『万屋』と自分のことについて知っているのか。

吾平の顔色を読んだように、

「この件はわしとそなただけのことだ。近田どのには関係ない」

と、武士は言った。

納得いかなかったが、吾平はそのわけをきいても仕方ないと思った。

「ここに十両ある。前金だ」

武士が小判を目の前に置いた。

「まあ」

おつたが目を輝かせた。

「終わったら、あと十両出そう」

「親分」

おつたが吾平をせっついた。

「わかった」

吾平は生唾を呑み込んでから、

「で、『万屋』に何を?」

「番頭の敏八という男を知っているか」

「へえ、いつも店にいる男ですね」

「敏八の弱みを握るのに手を貸して欲しい」

「弱み？　どういうことですかえ」

「じつは、ある者が預けた質草を取り返したいのだ。あの藤十郎という男はなかなかの男で、こっちの要求を受け付けない。敏八を裏切らせるしか方法がない」

なんだかわからないが、『万屋』に一泡吹かせられるなら、なんでもやる気になっていた。

「やりましょう。何をすればいいんですかえ」

武士はおつたにちらっと目をやってから、

「敏八を色仕掛けで落とせ」

と、平然と言った。

「色仕掛け？」

吾平はあわてて、

「だめだ。おつたにそんな真似はさせられねえ」

と、眼前で手を振った。

「誰か、適当な女はいないか」

「おりますよ。金でなんでもやる女は幾人《いくたり》も」

おつたが含み笑いをした。

「よし。若くて器量のいい女を敏八に近づけろ。それから、金で言うことを聞く男を見つけ出せ」

「旦那。いったい、何をするんでえ」

「あとで言う」

敏八を罠《わな》にかけようとしていることはわかったが、どんな罠なのか。それより、この侍は何者なのか。

しかし、『万屋』に対する復讐心と二十両の魅力の前に、吾平は武士の言いなりになることを厭《いと》わなかった。


翌日、吾平は八丁堀の近田征四郎の屋敷に行った。

髪結いが近田の髪を整えている間に、吾平は耳元で小声できいた。

「旦那。ゆうべ、覆面の武士が旦那の紹介だと言ってあっしの前に現れました。何者なんですかえ」

「吾平。名は言えぬが、俺が世話になっているお屋敷のお方だ。力を貸してやってくれ。ただし、俺は関係ない。あくまでも、あのお方とおまえとの約束だ」

「…………」

「なあに、心配はいらぬ。何かあったら、俺が出ていく」

「へえ」

「かえって、相手の名前を知らぬほうがいい」

「へい。わかりました」

もどかしい思いだったが、吾平は割り切った。

「じゃあ、あっしは」

近田征四郎の屋敷をあとにしてから、吾平はあることに思いを巡らした。

先日、浅草の新堀川で見つかった斬殺死体だ。あの殺しの探索は急遽《きゅうきょ》、とりやめになった。

ひょっとして、きのうの武士と関係があるのかもしれない。いや、きっとそうだ。殺された男は町人の恰好をしていたが、武士だったとしたら……。事件をうやむやにするように、きのうの武士が近田征四郎に頼み込んだのに違いない。

大名家では常日頃から奉行所の与力や同心に付け届けをしている。家来が町中で何らかの事件に巻き込まれても、うまく取り計らってもらうためだ。

あの殺しにも、そういう付け届けの力が働いたのではないか。

よし、きのうの武士に力を貸しながら、そっちの秘密も嗅ぎ出してやると、吾平は不敵な笑みを浮かべた。

八丁堀から浜町堀を経て両国広小路にやってきた。まだ、野菜の青物市が開かれている。昼過ぎからは、この場所に、掛け小屋が出来て芝居、人形操り、軽業《かるわざ》の見世物、水茶屋、食べ物屋などの店が出来て賑わう。

吾平は両国橋を渡った。冷たい風だ。だが、吾平は燃えていた。

橋を渡り、回向院裏のおつたの家にやってきた。

格子戸を開けると、見知らぬ吾妻下駄があった。敏八を色仕掛けで落とす女がもう見つかったのだと思った。

居間に行くと、おつたが若い女と差し向かいに座っていた。

「親分。おせんさんだよ」

妙になよなよした女だ。横座りした足首が細くて白い。派手な顔だちのおつたに比べ、顔つきは地味だ。だが、若いだけあって、おつたより顔の肌艶がいい。やはり、若さの魅力か。ちょっと物憂げな様子が妙に色っぽい。

「おせんです。よろしくお願いします」

切れ長の目を吾平に向けて言う。

「うむ、吾平だ」

「おせんさんは、いま回向院境内にある料理屋で女中をやっているんだよ。ときどき、私も使わせてもらっている店さ」

おつたがにやつきながら言う。にやついているのは、客の求めに応じて春をひさいでいる女だと、知らせているのかもしれない。それなら、今度の役には打って付けだ。

「おめえに間夫は？」

「おります」

「そうか。聞いたと思うが、しっかり頼んだぜ。うまくやってくれたら一両だ」

「ええ、やりますとも。おつたさんには世話になっていますから。うまくいったら、もう少し弾んでくださいな」

「いいだろう。それだけじゃねえ。何かのときには、目溢《めこぼ》ししてやるぜ」

「ほんとうですかえ。ええ、きっとご期待にそいますよ」

おせんは意気込んで言う。

「よし。狙いは『万屋』の敏八という番頭だ。なんとか、誘惑し骨抜きにするんだ」

「あい」

吾平もぞくっとするような流し目を送った。

これなら、どんな男でも引っかかるかもしれない。いや、藤十郎は無理だろうと、吾平は苦い気持ちを思い出したが、狙いは敏八だ。

敏八さえ落とせば、藤十郎の鼻を明かすことが出来るのだ。おせんとおせんの間夫を使っての企みは失敗するはずがない。

藤十郎、見ていやがれ。吾平は含み笑いをした。

二

昼下がり、敏八は店番をしながらうとうととした。火鉢の暖が心地好く、つい睡魔に襲われそうになる。

ゆうべは久しぶりに吉原に遊びに行き、夜遅く帰ってきた。敏八の敵娼《あいかた》は風邪を引いたとかで、咳をしていて、あまり楽しめなかった。

寝不足の上に、きょうは暇だった。つい居眠りが出てしまう。顔を洗ってこようと、腰を浮かせたとき、戸が開いて客が入ってきた。

若い女だ。細面《ほそおもて》の色白で、首が長い。細身のなよなよした体は抱きしめたら折れてしまいそうだった。

「いらっしゃいまし」

敏八の目が一瞬にして覚めた。

「あの、これでお願い出来るでしょうか」

物憂げな様子で、女が差し出したのは象牙の櫛だ。梅の模様が描かれている。

「これは結構なものでございます」

顔を上げると、女の流し目とかち合った。

「いくら貸していただけるでしょうか」

女はじっと敏八の目を見つめてきいた。敏八は少しどぎまぎして、

「一両ではいかがでしょうか」

と、言った。

「まあ、そんなに。うれしい」

女は無邪気に喜んだ。笑顔が可愛《かわい》らしかった。

敏八は覚えず笑みを浮かべた。

入質証文に名前と住いを書き込んでもらった。名はおせん、今戸町《いまどちょう》に住んでいた。

「どなたか親戚の方か請人《うけにん》か、いらっしゃいますか」

「それ、なくちゃだめなんですか」

おせんは縋るような目を向け、

「そういうこと、知らないで来たんです。なにしろ、ひとり暮しなもので」

と、困ったように言う。

「どうしましょう」

「今戸町に住んでいることが確かめられればいいんです」

「じゃあ、来てくれますか。家に」

「えっ?」

敏八はきき返した。

「あなたが、私の家に来て確かめてくれればいいんでしょう。お願いします」

「はあ」

「だめですか」

「いえ」

「じゃあ、行きましょう。これから」

敏八は困惑した。

主人の藤十郎は外出している。いま、店を離れるわけにはいかなかった。

そう言うと、おせんは手を合わせ、

「じゃあ、夜、来てください。お願い」

と、こぼれんばかりの色気で言う。

敏八の心の臓は鼓動を激しくした。

「わかりました。では、これはあとで改めてお受け取りいたします」

敏八は櫛を返した。

「家を見つけにくいと思いますので、暮六つ（午後六時）から今戸橋の袂でお待ちしています」

そう言い、おせんは引き上げていった。

大きな物でなければ質草をとりに行くことはない。おせんの調子に乗せられて、敏八は夢でも見ていたような気がした。おそらく、囲い者だろう。あの櫛も旦那が買ってくれたものかもしれない。

手代が近づいてきて、

「ずいぶん色っぽい女でしたね」

と、囁《ささや》いた。

「仕事だよ」

敏八は内心とは裏腹に不機嫌そうに言った。

それからの時間の経つのが遅かった。客が少ないこともあり、勝手な妄想が膨らんで、あわてて自分自身を諌《いさ》める。

ようやく暮六つの鐘が鳴った。

「では、私は出かけてきますから、あとを頼みましたよ。あっ、夕餉は先にいただいているように」

敏八は手代に言い、出かけていった。

田原町から今戸まで、たいした時間はかからない。吾妻橋の袂から花川戸に入り、暗くなった道を今戸橋にやってきた。

敏八は落胆した。今戸橋に女の姿はなかった。寒さが身に沁《し》みた。山谷堀を行けば、吉原だ。また、遊びに行こうかと考えていると、ふいに橋の向こうに人影がふたつ。男と女だ。敏八はとっさに橋桁の暗がりに隠れた。

やがて、ふたりが行き過ぎる。暗い中でも、男が藤十郎だとわかった。女は細身の柳腰で、藤十郎に寄り添うようについていく。

ふたりの姿が見えなくなってから、敏八は橋桁の陰から出た。そのとき、小走りにやってくる女が見えた。

敏八はたちまち藤十郎のことが頭から離れた。

「ごめんなさい。お待ちになりまして」

息を弾ませながら、おせんが謝る。

「いえ、いま来たところです」

敏八は胸を轟《とどろ》かせた。

「さあ、行きましょう。こちらです」

おせんに導かれ、敏八は大川のほうに向かい、やがて格子造りの古そうな家の前にやってきた。

「さあ、入ってくださいな」

格子戸を開けて、おせんが言う。

「はあ」

敏八は気後《きおく》れした。一歩足を踏み込むと、何かとんでもない災厄が待ち構えている。そんな怯えが一瞬起こった。

「誰もいませんから、遠慮しないで」

おせんが敏八の背中を押すように言った。

「は、はい」

敏八は足を踏み出した。

「さあ、こっちへ」

茶の間に通された。長火鉢で鉄瓶が湯気を立てている。部屋の中は暖かかった。

「お座りになって」

「はい」

「そんな畏まらないで。もっと、くつろいでくださいな。いま、お酒つけますね」

おせんは弾んだ声で言う。

「とんでもない。私は……」

「いいじゃないですか。いつもひとりで寂しいんです。きょうは敏八さんが来てくれてうれしい」

「どうして私の名を？」

「ときたま、お店の前を通り掛かって、あなたがいるのを見てました。敏八さんという名前もとうに知っていたんですよ」

「まさか」

信じられなかった。

おせんとふたりきりだということで、息苦しくなった。

酒の燗《かん》がつき、おせんは敏八に酒を勧めた。

「じゃあ、一杯だけ」

敏八は盃を持った。

おせんは敏八に寄り添うようにして酌をする。溢《あふ》れそうになったのを、敏八は口から持っていってすすった。

「私も」

甘えるように、おせんは徳利を敏八に預け、盃を持った。

差しつ差されつ、呑みはじめ、いつしか徳利が三本も空になっていた。

「いけない。帰らないと」

藤十郎の顔が過り気は焦ったが、体が動かなかった。自分はおせんの虜《とりこ》になってしまったのではないか。気がつくと、おせんの肩を抱いた手に力を込めていた。

「敏八さん」

その甘い声は、敏八の心を奪った。目の前に、おせんの白く若々しいうなじが身をよじるように蠢《うごめ》いていた。敏八がうなじに唇を当てると、おせんはうめき声を発してのけぞった。その声に、敏八は我を忘れた。

敏八はぐったりとして時の鐘を聞いていた。行灯にかけたおせんの襦袢《じゅばん》が明かりを遮り、辺りをほの暗くしている。

仰向けになった敏八の腕の中におせんの裸身があった。おせんは軽い寝息を立てていた。こんな激しい営みははじめてだった。おせんは乱れに乱れて、それにつられて敏八も狂おしくおせんを攻めたてた。

大きな波が何度も押し寄せ、その間には小さな波が心地好く打ち寄せた。だが、鐘が鳴り終えて、五つ（午後八時）だと知ったとき、敏八は帰らねばならないと思った。

だが、気持ちは焦るが、体は動かなかった。痺《しび》れるような余韻の中で、藤十郎の顔が浮かんだり消えたりしていた。

ふと、藤十郎が女と歩いていたことを思い出した。夜目にも美しい女だとわかった。あのしなやかな体つきは、ときたま門付けに来る女太夫のような気がした。

四半刻（三十分）ほどぐだぐだとしていたが、やっと意識が現実に戻ってきた。

「帰らないと」

敏八は呟くように言った。

「いや」

おせんが甘い声で言い、敏八の裸の胸に唇を這《は》わせた。

「いけない。おせんさん」

再び官能の虜になりかかった。気持ちは必死に拒もうとするが、体は別の生きもののように再び燃え出していた。


敏八がおせんの家を出たのは、そろそろ町木戸が閉まる四つ（午後十時）になろうかという頃だった。質入れのことはとうに忘れていた。

小走りに急ぎながら、別れ際のおせんの言葉が耳に残っている。

「明日は酉の市。ごいっしょしたいわ」

なんとか、閉まる寸前の木戸をすり抜け、田原町に帰ってきた。

『万屋』の潜り戸を叩く。敏八が外出していれば、帰るまで小僧が起きていることになっている。中にひとの気配がして、戸が開いた。

敏八は潜り戸をくぐった。土間に入って、あっと声を上げた。そこに立っていたのは藤十郎だった。

「戸締りを忘れるな」

それ以上は何も言わずに、藤十郎は奥に引き上げた。

ずっと、藤十郎が待っていたのだ。ひょっとしたら、さっき今戸橋でも気づかれていたのかもしれない。ひやりとした。

夜回りの番太郎が打つ拍子木の音が店の前の通りを過ぎていった。

三

十一月の酉の日に行われる鷲神社の祭礼が酉の市で、葛西花又村《かさいはなまたむら》や目黒にもあるが、吉原の裏田圃にある神社が大いに賑わった。

『彫福』の職人も、夕方早めに仕事を切り上げ、皆で出かけるのが恒例だった。文吉も親方や内儀さんたちといっしょに裏田圃の一本道を通って鷲神社に向かった。

が、一本道はひとが溢れんばかりで、大きな熊手を肩に背負って帰ってくるひともたくさんいる。神社に近づくに従い、ひとの流れが滞りがちになった。

やっと参道に辿り着いた。両側には熊手を売る露店が立ち並んでいる。福をかき集めるということだ。熊手の他に、頭《かしら》の芋、粟《あわ》の餅、熊手の笄《こうがい》、簪などが売られている。

参道から境内に入る。境内にも露店が並び、大きな熊手が売られていた。近隣の農家で作っているのだ。

押し合いへし合いの末、ようやく拝殿の前に出た。文吉はおけいと長太の健康と幸福を祈った。誰もが来年こそはよい年であることを願って参詣に来るのだ。

親方と内儀さんはいつも買う店で、去年より一回り大きな熊手を買い求めた。

混雑を逃れてから、吉原に向かった。この日は大門以外はいつも閉ざされている門を開き、通行を許したので、吉原見物をするひとたちでも賑わった。女の姿も多かった。

廓内《くるわ》をしきりに親方が誘導して歩くのは、行きつけの見世の前を内儀さんに通ってもらいたくないからだろうと、文吉は思った。

酉の市の賑わいの中で、文吉は心が弾まなかった。この日、おけいと長太の三人でお参りすることを夢見ていたのだ。

あの二十両さえあれば、それが叶ったかと思うと、いまだに後悔している。いや、あのふたりが、いや赤子もいるから三人が不幸な目に遭わずに済んだのだ。それでよかったのだと思いながらも、早まったことをしたと嘆く。

そして、決まってそのあとで、自嘲するのだ。なんて俺は了簡のせめえ人間なのだと。

吉原の仲の町を突っ切り、大門を抜けて、日本堤《にほんづつみ》に出た。月が出ていて、明るい。そのまま土手を大川のほうに向かう。田町《たまち》二丁目で土手を下り、浅草寺の裏の田圃道を通る道もあるが、そのまままっすぐ進み、馬道《うまみち》に抜ける道を目指した。

「馬道にあるそば屋に寄っていこう」

親方が言うと、職人たちがはしゃいだ声を上げた。

目の前を行く男女の歩みが遅い。女が男にしなだれかかっているので、満足に歩けないのだ。男もいい気持ちになっている。

親方夫婦はふたりを追い抜いて、馬道への坂を下った。他の職人も続き、文吉は追い抜きざまに、男の顔を盗み見た。

おやっと思った。どこかで見かけたことがある顔だ。そう思いながら、坂道の途中で振り向いた。

あっと思い出した。ふたり連れの男は『万屋』の番頭に似ている。確か、敏八と言った。いや、あのおとなしそうな男がこんな素人とは思えない女とつきあっているとは思えない。他人の空似《そらに》だろう。

「兄貴、どうしたんだえ」

朋輩のひとりが不審げに声をかけた。

「いや、なんでもねえ」

そう答えたものの、文吉は気になった。似ているのだ。もっとも月明かりの下で見かけただけだから、見間違いかもしれない。

馬道にある『安住庵』というそば屋の二階に上がった。ちょうど、前の客がどっと引き上げたところで、二階の入れ込みの座敷の窓側に座ることが出来た。

酒を注文し、呑みはじめた。が、文吉は相変わらず酒を呑もうとしなかった。

「文吉、少しぐらいなら呑んでもいいんじゃないのか」

親方が勧めた。

「そうだよ。こういう日ぐらい、呑んだってばちは当たりゃしないよ」

内儀さんもいたわるように言う。

「へえ、すみません。でも、二度と呑まねえと誓ったんですから」

「そうかえ」

内儀さんは、大皿が金にならなかったことをずっと気にしているようだった。十五両を用立てるから、文吉の手元にある五両と合わせて、改めておけいと長太に会いに行くように勧めながら、金を作れなかったことを気に病んでいるのだ。

「みな、ご苦労だった。来年も今年以上にいい仕事をしようじゃねえか。さあ、じゃんじゃんやってくれ」

親方は来年のことを言ったが、今年もまだひと月以上残っている。

「おめえの馴染みはどこの花魁《おいらん》だ？」

親方がからかうように職人たちにきいている。

「文吉さん。どうしたんだえ。ずっと元気がないよ」

内儀さんがきいた。横では、花魁の話で盛り上がっている。

「三年前の御酉様を思い出してしまったんです。すいやせん」

「三年前？」

「へえ。前の親方のところをしくじったのも、一の酉の夜だったんです」

「ああ、そうだったね」

内儀さんにもそのことは話してあった。

「文吉さんが酒に呑まれるようには見えないけどね」

「酒のせいだけじゃなく、思い上がりもあったんだと思います」

俺の腕は一流だ。親方や兄弟子たちと違うんだという思いが常に胸にあり、つまらない仕事をさせられていることに嫌気が差していた。それが、あの夜に爆発したのだ。おけいや長太に対してもそうだった。俺の腕がふたりの暮しを守っているのだ。俺がいなければ、ふたりは生きていけない。俺に逆らうはずはないと、信じきっていた。すべて、俺の思い上がりが招いた結果だった。

おけい、長太、会いてえ。文吉は覚えず呟いて、はっとした。幸い、内儀さんは親方に声をかけられ、そっちに顔を向けていた。

最後にそばを食べた。

「みんな、また、明日から頼んだぜ」

親方が言ってお開きになった。

階下に下りたとき、のっぺりした顔の男が頬に傷のある男と額を突き合わせるようにして話し込んでいた。頬に傷のある男は険悪な顔付きをしていた。その男に見覚えはないが、のっぺりした顔のほうはすぐ思い出した。

『万屋』に入っていった男だ。そのあとで、岡っ引きの吾平と連れだって寺から出てきた男だ。

ふたりの横を行き過ぎたとき、敏八という名前が耳に飛び込んだ。敏八はいまごろ女と今戸の家に帰ったはずだと言っていた。

さっき、見かけた敏八に似た男と女を思い出した。あの男は敏八だったのだろうか。

敏八は御酉様から、おせんといっしょに今戸の家に帰ってきて、すぐに酒を呑みはじめた。

藤十郎が外出しているのをいいことに、敏八があとのことを手代たちに託して『万屋』を出たのが夕方の七つ半（午後五時）ごろ。

おせんの家に寄り、ふたりで出かけた。しかし、鷲神社の近くまで行ったものの、あまりの混雑に閉口し、お参りを諦めて、今戸に引き上げてきたのだ。

外を歩いていても、おせんはべたべたとしてきた。他人の目が気になったが、知った人間に会う偶然もなかろうと、敏八はおせんとの外出を楽しんだ。

ただ、いかんせん寒かった。立て続けに酒を呑み、だんだん体も暖まってきた。

「おせんさん。こんなことをきくのも何だが、おまえは誰かの世話になっているのかえ」

敏八はおそるおそるきく。

「旦那がいたら嫌いになるのかえ」

おせんは挑発するような目を向けた。

「とんでもない。もう、私はおまえなしでは生きていけないんだ」

「うれしい」

おせんはしがみついてきた。

「あっ、あぶないじゃないか。お酒がこぼれる」

敏八はあわてて盃を口に持っていった。

「ねえ、向こうに行こう」

おせんが色っぽい声を出した。目も潤んでいる。敏八はたまらなくなった。

「よし」

敏八も立ち上がった。

先に、隣の部屋に行き、着物を脱ぎ、褌《ふんどし》一丁でふとんに入った。遅れて、おせんがやってきた。

おせんが襖を閉めた。部屋の中が暗くなった。おせんが帯を解きはじめた。

衣擦《きぬず》れの音が敏八を昂奮させた。やがて、襦袢姿のおせんがふとんに入ってきた。敏八はおせんの体を引き寄せる。

「おせんさん」

敏八はあえぐような声を出した。おせんの柔らかい体の温かみが敏八を狂おしくさせた。

静かに襖が開いたのに気づかなかった。おせんの体の上になったとき、敏八ははじめて部屋の中が明るくなっているのに気づいた。

おやっと思い、顔を上げた。襖が開いて、隣の部屋の明かりが漏れている。なぜ、開いているのか、すぐには理解出来ないでいた。

「おい、何をしているんだ?」

男の声に、敏八は跳び上がった。

おせんがあわてて起き出し、着物を抱えて隣の部屋に逃げていった。

敏八はひとり残された。いや、男が立っていた。

「おまえは誰だ?　盗っ人か」

腰を抜かした敏八の声は震えている。

おせんに夢中になっていて、盗っ人が忍び込んだことに気づかなかったのかと思ったのだ。

「盗っ人か、だと。ふざけるな」

男の大声に、敏八はすくみ上がった。

男は頬に切り傷があった。おせんはどうしたのか、逃げていったままだ。

「おめえ、よくも俺の女を盗んでくれたな」

男が敏八の胸ぐらをつかんだ。

「えっ？」

「おせんは、俺の女だ。他人の女を盗んだらどうなるか、わかっているだろうな」

「苦しい。待ってください。おせんさんと話をさせてください。おせんさん」

敏八は掠れた声を出した。

だが、返事がない。

「じたばたするな。おめえ、名は？」

男は凄味《すごみ》のある声できいた。

「はい。敏八です」

「どこで働いているんだ？」

「そればかりはお許しを」

「ならねえ。おめえの奉公先の旦那に話をつける。女を寝取られ、このまま泣き寝入りってわけにはいかねえ」

「待ってください」

「何が待てだ。この始末をどうつける気だ？」

「お金で」

「金だと？　よし、いくら出す？」

「一両……」

「てめえ、俺をなめてんのか」

いきなり、拳が飛んできて、頬に当たった。敏八は倒れた。

「では、十両では」

体を起こして言う。

「ふざけるな。俺の女を弄《もてあそ》びやがって」

足蹴にされ、敏八は派手に転がった。

「お許しを」

起き上がって、敏八は訴える。

「百両だ」

男は事も無げに言った。

「百両」

敏八は悲鳴を上げた。

「おめえが出せるとは思っちゃいねえ。奉公先の旦那に出してもらう。だから、言うんだ。おめえの奉公先は？」

「それは……」

「言えねえのか。まあ、いい。おせんにきけばわかるだろう」

「待ってください。旦那に言うのだけはご勘弁ください」

敏八は泣き声で訴えた。

「じゃあ、てめえで百両作れるのか」

「いえ……」

おせんはこんな男がいることを言わなかった。まさか、おせんは最初からこの男と示し合わせていたのではあるまいか。敏八は、ようやく疑いを持ちはじめた。

「おせんさんを呼んでください」

敏八は泣き声で訴える。

「よし、わかった。おせん、こっちへ来い」

すると、隣の部屋から、着物を着たおせんがほつれた髪を直しながらやってきた。

「敏八さん。運が悪かったねえ。このひと、しばらく帰らないはずだったんだよ。まさか、急に帰ってくるとはねえ」

どこか他人事のような調子で、おせんは口許を歪める。

「おせんさん。まさか、あなたは最初から……」

「最初から、なんだえ」

おせんが含み笑いをした。

「そうなんだ。あんたたちははじめから私を騙して……」

「黙りやがれ」

男が一喝した。

「盗っ人猛々《たけだけ》しいとは手めえのことだ。ひとの女を寝取っておいて、いざ見つかったら、ぐるだったたぁ。やい、敏八。間男《まおとこ》は八つ裂きにされても文句は言えねえんだ。こうなったら、まず腕の一本でも切り落とすか」

「ひゃえ」

敏八は悲鳴を上げた。

「おまえさん。勘弁してやっておくれよ」

おせんが含み笑いのまま言う。

「いや。勘弁出来ねえ。こいつを簀《す》巻《ま》きにして大川に放り込んでやる」

男が息巻いた。

「おまえさん。このひとは田原町にある『万屋』の番頭さんだよ。そんな荒っぽい真似はやめておくれ」

「質屋か。質屋なら百両だすのは造作ねえな」

敏八はがたがた震えていた。とんでもないことになってしまったと、ぼろぼろ涙が流れてきた。

「待て」

いきなり、襖の向こうから声がした。

「おや、誰だい、おまえさんは？」

おせんが振り返って険しい声できいた。

「なんでえ、ひとの家に勝手に入り込みやがって」

おせんが隣の部屋へ行く。

誰かがやってきたのだと、敏八は混乱しながらも気づいた。

「おまえたちのあくどさに我慢がならず、しゃしゃり出た」

「なんだと」

「許せぬ」

次の瞬間、鈍い音とともにおせんの悲鳴が聞こえ、何かの倒れる音がした。

「おせん」

男は叫ぶや、懐から匕首を抜き、声の主に飛び掛かっていった。

男のうめき声が聞こえた。敏八は何が起こったのか、さっぱりわからなかった。やがて、宗十郎頭巾の侍が現れた。

「そのほうを助けるために、無益な殺生をした。早く、着物を着て、逃げるのだ」

「逃げる？」

あっと我に返り、敏八は着物を着て帯を締めた。そして、隣の部屋に行くと、おせんと男が肩から血を流して倒れていた。

敏八は目を剝《む》いた。

「さあ、逃げろ」

「は、はい」

急かされるまま、敏八は土間に下り草履を履いた。

御酉様で、外は人通りが多い。今戸橋を過ぎ、ようやく吾妻橋の袂までやってきた。

「敏八」

あとから追ってきた武士に名を呼ばれたが、なぜ名前を知っているのか、敏八は考える力をなくしていた。

「そなた、捕まれば獄門だ」

「げっ」

胸の中に手を突っ込まれたような衝撃を受けた。

「心配いたすな。わしはそなたのことを喋らん」

「…………」

「明日、そなたに会いに行く。よいな。暮六つに東本願寺まで来るのだ。さあ、早く引き上げろ」

言われるままに、敏八は『万屋』に向かって走った。

四

翌朝、文吉は早く目が覚めた。厠に行き、井戸端で口をすすぎ、顔を洗っていると、ようやくかみさん連中が起き出してきた。

きのうの残った冷や飯にお湯をかけて食べていると、長屋の路地に棒手振りの振り売りの声が聞こえ、かみさん連中が集まって賑やかだ。あさり・しじみ売りが引き上げると、今度は納豆売りがやってきた。

その声も、文吉の耳から遠ざかった。

一の酉が終わった。今年こそ、おけいと長太と行けるかもしれないと期待していたぶんだけ、寂しい一の酉だった。今年は三の酉まである。三の酉まである年は火事が多いといわれているが、あと二度も寂しい思いをしなければならないのかと気が重かった。

　内儀さんが出してくれた大皿が十両になったのなら、親方が工面してくれる五両と、亀三の五両を合わせて、なんとか二十両になり、おけいのところに飛んで行けたのだ。そうしたら、一の酉には間に合わなくても、二の酉か三の酉には、親子三人で行くことが出来たかもしれない。小さくてもいいから熊手を買って帰る。そんな夢を見た分だけ、今年の酉の市はつらいものになった。

　着替えて、外に出る。まだ、朝餉が済んでいないのか、路地には人気はなかった。さっきの喧騒《けんそう》が嘘のようだった。

　長屋木戸を出て、稲荷町のほうに歩き出したとき、空の籠をつり下げた棒手振りに会った。いつも長屋に来る棒手振りだ。確か、今戸のほうからやってきている。

「旦那。お早いですね」

　棒手振りの男は如才なく挨拶した。

「これから帰って飯かえ」

「へえ。ゆうべはあまり眠ってないので、まずひと寝入りですよ」

「酉の市だったからな」

「そうじゃないんですよ。ゆうべ、殺しがあったんですよ」

「殺しだと」

「へい」

「確か、住いは今戸だったな」

文吉が立ち止まると、つられたように棒手振りの男も足を止めた。

「そうなんです。あっしの住む長屋の近くの一軒家で男と女が斬り殺されていたんです」

とっさに『万屋』の敏八という番頭の顔が浮かんだ。まさか、そんなはずはないと思うそばから、のっぺりした顔の男と頰に切り傷のある男を思い出した。

「殺された男は誰なんでえ」

「それがまだわからねえようです」

「そうか」

「じゃあ、旦那。また」

そう言い、棒手振りは空の籠を担いで今戸のほうに帰っていった。

文吉は気になった。敏八ではないかと思えてならないのだ。敏八とは『万屋』で会っただけで何の義理もないが、きのうのことがあるので放っておけない気持ちになった。

気がついたときには、足はもう今戸に向かっていた。

吾妻橋の袂から花川戸に入り、山之宿町などを経て今戸橋を渡った。吾平が聞き込みをしていた。

へたに首を突っ込んで、痛くもない腹を探られるのもいやなので、文吉は木戸番屋に行った。番太郎の勤めは、木戸の番と夜回りが主だが、ときには自身番の使い走りや捕物の手伝いもする。ゆうべの騒ぎのときも駆り出されたかもしれない。

かみさんが店番をしていた。

「旦那はもう寝てしまったんですかえ」

文吉は声をかけた。

「いえ。これから寝るところです」

「そうですかえ。すいませんが、ゆうべのことでお訊ねしたいことがあります。ちょっと呼んでいただけませんか」

声が聞こえたのか、四十絡みの男が奥から出てきた。

「ゆうべのことって、殺しのことかえ」

「へえ、すいません。お休みしようというところに押しかけて」

「いいってこと。それより、ゆうべの殺しで何か心当たりでもあるのか」

「いえ、心当たりがあるわけじゃねえんで。ただ、さっき棒手振りから殺しのことを聞いたんですが、殺された男の身許はわかったんですかえ」

「いや。まだだ」

「いくつぐらいのおひとで？」

「おまえさんの名は？」

文吉の問いに答えず、番太郎はきいた。

「はい。あっしは稲荷町にある飾り職『彫福』の職人で文吉って言います」

「飾り職人か」

番太郎は頷いてから、

「殺された男は三十前だ。二十七、八ってところか」

と、答えた。

「二十七、八……」

敏八もそのくらいだ。

「どこかの地回りだ。遊び人ふうだった」

「遊び人？」

「そうそう、頬に切り傷があって、悪人面をしていたな」

あっ、と文吉は叫び声を発しそうになった。

馬道のそば屋で、のっぺりした顔の男と額を突き合わせていた男だ。あの男も頬に切り傷があった。

「知っている男か」

「いえ、違いました」

「そうかえ」

番太郎は疑わしげな目を向けた。

「女のほうは？」

文吉は番太郎の疑いを払いのけるようにきいた。

「若くて、ちょっといい女だった。だが、妙なんだ」

「妙と申しますと？」

「殺された家は、その女のものじゃねえ」

「えっ、どういうことですかえ。よそさまの家でふたりが殺されていたってことですか」

「そうなんだ。その家の主はおとよって三十過ぎの女なんだが、いま小伝馬町の牢屋敷にいる」

「えっ、牢屋敷？」

「先月、万引きして、吾平親分に捕まったんだ」

「吾平親分に？」

吾平とのっぺりした顔の男とが連れだって寺の山門から出てきた光景が、文吉の脳裏を掠めた。

「おまえさん、やっぱし何か知っているんじゃねえのか」

番太郎はまたしても疑い深い目を向けた。

「いえ、知りません。じゃあ、あっしはこれで。失礼しました」

文吉は木戸番屋から離れたが、途中で振り返ると、番太郎はまだこっちを見ていた。

文吉は稲荷町の親方のところに急いだ。

「遅くなりました」

仕事場に入ると、親方たちはすでに仕事にかかっていた。

文吉もすぐに道具を広げた。いまかかっている仕事は桐の箪笥の金具だった。龍の彫り物という注文だった。

仕事にかかったが、なかなか集中出来なかった。頬に切り傷のある男が殺された件が頭から離れないのだ。

のっぺりした顔の男が、敏八はいまごろ女と今戸の家に帰ったはずだと言っていた。敏八は女とじゃれ合うようにして今戸に向かったのだ。

しかも、のっぺりした顔の男は岡っ引きの吾平と知り合いのようだ。どうも、わからない。

文吉は何度も敏八のことを思い出しながらも夕方まで仕事をして、龍の文様をあらかた彫りあげた。

出来ばえには自分でも満足した。

暮六つになって、文吉は親方に挨拶をして仕事場を出た。

稲荷町からまっすぐ新堀川にかかる菊屋橋を渡り、東本願寺の前を通り、田原町の『万屋』にやってきた。

もう店は閉まっていた。潜り戸から小僧が出入りしている。そののんびりした動きから、何か変わったことが起きたという様子は窺えなかった。

安心したような拍子抜けしたような思いで、文吉は引き上げた。

東本願寺の境内を突っ切ろうとして裏門から中に入った。すると、奥から悄然と肩を落とした敏八が歩いてくるのに出会った。

敏八は文吉の脇を俯いたまますれ違っていった。振り返ると、敏八はつんのめりながら裏門を出ていく。

何かあったのか。

ふと、本堂の回廊に『万屋』の主人、藤十郎が立っているのに気づいた。あんなところで、藤十郎は何をしていたのだろうか。


それから、文吉は菊屋橋の袂にある『おらく』に寄った。

「いらっしゃい」

おらくが愛想よく迎える。

店の隅の柱に、大きな熊手が飾られていた。

「御酉様に行ったのか」

「ええ。店のお客さんに連れていってもらったのさ。あっ、でもこれは自分で買ったんだからね。運が来ないといけないものね。きょうは何？」

「深川飯にしよう」

「あいよ」

元気よく返事をし、おらくは下がった。

店は職人や商人体の男たちで混み合っていた。みな、酒を呑んでいる。不思議なことに、もう酒を呑みたいという気は起きなかった。

「お待ちどおさまです」

小女が丼を目の前に置いた。

「ありがとうよ」

あさりの剝《む》き身《み》に葱《ねぎ》の五分切りを加えて、さっと煮つけ、味噌《みそ》仕立てにして飯にかけたものだ。

深川に住んでいた頃は、よくおけいが作ってくれたものだ。ふとわき起こった切ない思いをやり過ごしてから、文吉は飯をほおばった。

丼の半分ほど食べ終えたとき、目の前に男が立った。

「いいかえ」

亀三だった。

「おう、久しぶりだな」

「ああ」

通りかかった小女に、亀三は同じものを注文した。

「酒はいいのか」

「酒は呑めねえんだ。約束だ」

万屋藤十郎との約束だ。

「あれから、あのふたり、いや三人は元気でやっているのかえ」

文吉はきいた。

「ああ、元気だ。新太郎さんも怪我が治って、小間物の行商に出ている。おさよさんも仕立ての仕事を夜遅くまでしている。おまえさんに、いつも感謝しているよ」

「てやんでえ。おめえだって、手を差し伸べているんだ。おめえのことだ。五両を俺に返したってことを、あのふたりに話してないんじゃねえのか」

「別に言う必要はねえ」

「そりゃそうだが、知っておいてもらって悪いことはあるめえ」

小女が丼を運んできた。

「おい、太助はいいのか」

「ああ、最近はおさよさんのところで馳走《ちそう》になっている」

「そうか。そいつはいいや」

亀三は夢中で飯をほおばっている。よほど、腹を空かしていたに違いない。先に食べ終えた文吉は亀三の食べっぷりを唖然《あぜん》として眺めた。とてつもない早食いで、どんどん丼の飯が減っていく。

店は立て込んできた。亀三が食べ終わって、いっしょに外に出た。

「大の男がふたりして酒を呑めずにいるなんておかしなものだ」

新堀川沿いを歩きながら、文吉が苦笑した。

「じゃあ、俺は太助が待っているから、まっすぐ帰る」

「ちょっと待てよ」

文吉は呼び止めた。

「何か俺に用があったんじゃねえのか」

「いや。いいんだ」

「やっぱり、あったんだな。なんでえ、言ってみな。まさか、太助に何かあったか。違う？　金か。金なら……」

「違う。もう、いいんだ」

「なんだ、水臭いじゃねえか。俺で出来ることなら、なんでもするぜ。遠慮するな」

「ありがとうよ。おめえはやっぱしいい奴だぜ。なあに、つまんねえことだ。じつは、きょう、本郷を流していたら、偶然に『松島屋』の勝手口に呼ばれたんだ。釜の修繕でね。帰るとき、旦那にばったり会った。おめえに、飾り簪の注文を断られたと言っていたぜ」

「ちっ。そんな話をしてやがるのか」

「まだ、諦めていないぜ」

「あんな薄情な人間のために、この腕は使わねえんだ。おや、まさか、おめえ、あの旦那に頼まれて俺を説得しに来たんじゃないだろうな」

文吉は一瞬気色ばんだ。

「当たり前だ。そんなこと、引き受けるわけはない」

「じゃあ、なんだ？」

「もういい。あばよ」

いきなり亀三は駆け出していった。

ちっ、変な野郎だと、文吉は呆れ、長屋に帰りかけたとき、長屋のほうからふたり連れがやってくる。

岡っ引きの吾平だと思った瞬間、文吉は生唾を呑み込んだ。体が突っ張り、手足の自由がきかなくなった。

とっさに、殺しの件を文吉が訊ねたことが木戸番から伝わったのだと思った。やはり、迂闊に行くのではなかったと後悔した。

「文吉だな」

吾平が厳しい顔で迫った。

「へい」

「おめえ、今朝、今戸の木戸番屋に妙なことを訊ねに行ったそうだな」

「へえ……」

どこまで話すべきか、文吉は必死に考えた。

「わざわざ首を突っ込むからには何かあるはずだ。正直に言えねえなら、番屋に来てもらわなくちゃならなくなる」

「たいしたことじゃねえんです。今戸で男と女が殺されたって聞いて、男のほうが知っている人間じゃねえかと思ったんです」

「男って誰だ？　ありていに言わねえと、あとで後悔するようになるぜ」

「へえ、わかってます。じつは、『万屋』という質屋の番頭の敏八さんです」

吾平の目が険しく光った。

「なぜ、そう思ったのだ？」

どすの利いた声に、文吉はすくみ上がった。

「ゆうべ、酉の市の帰り、敏八さんらしい男と若い女が、いちゃつきながら今戸のほうに歩いていくのを偶然見かけたものですから」

「それで、どうして殺されたのが敏八かもしれないと思ったのだ?」

「女のほうがちとあばずれに見え、敏八さんに似合わない女だなあと思って、気になっていたんです。そしたら、今戸で男と女が殺されたと聞いて……」

吾平は文吉に顔を近づけた。

「嘘じゃあるまいな」

「もちろんです。正直に話してます」

文吉は必死に訴えた。

「で、いまはどうなんだ?」

「どうなんだとは?」

「その殺しのことにまだこだわっているのかってことだ」

「とんでもない。もう、関係ありませんから」

殺された男とのっぺりした顔の男がそば屋で話していたなどとは金輪際口に出来ない。へたに言えば、そこからどんな災いが降りかかるかわからないのだ。

「間違いないな」

吾平は念を押した。

「へい。間違いありません」

「いいか、おめえのような者がのこのこしゃしゃり出てきたら、捕物の邪魔になる。今後、一切よけいな真似をするんじゃねえ。敏八って男にもその話をするな。いいな」

「へい」

「もし、破ったら、おめえを殺しの下手人の仲間の疑いでしょっぴくことになる。わかったか」

「へい」

「じゃあ、行っていいぜ」

「へい」

　頭を下げ、文吉は歩きだした。背中に吾平の視線が突き刺さっているのを意識して、歩みがぎこちなくなった。

　何かある。きのうの殺しの裏に何かある。そう思ったものの、文吉には何もすることが出来なかった。

五

　その夜、敏八は夕餉をすませてから、部屋に閉じ籠もった。

きょう一日、何事もなかったかのように過ごすのがとてつもなく苦痛だった。とくに、藤十郎から呼ばれたとき、顔色を読まれないように気を使った。

暮六つの鐘が鳴ってから、敏八は東本願寺の境内に行った。暗くなった境内で待っていると、どこからともなく、きのうの宗十郎頭巾の武士が現れたのだ。

「きのうの件は奉行所に圧力をかけ、うやむやにしてやるから心配いたすな」

武士はそう言った。殺しはこの侍の仕業でも、女のことで男ともめたのは敏八なのだ。そのことは言い訳出来ない。

「ただし、条件がある」

「条件？」

「そうだ。この条件を呑めば、きのうのことはなかったことにしてやる。だが、呑まねば、きのうの殺しもすべてそなたが命じたこととして始末する」

「そんな」

「どうなんだ」

「条件を呑みます。どんな条件ですかえ」

敏八はまだ悪夢の続きを見ているようだった。

「いつぞや、登勢という女が女物の煙草入れを質入れしたな」

あっと、敏八は声を上げた。

「覚えているようだな。その煙草入れをこっそり持ち出して渡してもらいたい」

「そんなこと出来ません。旦那さまに見つかったら、私は……」

「やらねば、獄門だ」

「そんな」

「よいか。ここに女物の煙草入れがある。これとすり替えておけば誰にもわからない」

そう言い、武士は女物の煙草入れを差し出したのだ。

「でも、あとで、あの女のひとが請け出しに来たら、すり替えたことがわかってしまいます」

「その心配はない」

「なぜでございますか」

「登勢は、ある場所に閉じ込めてある。外に出ることはない」

どうしてこういう事態になったのか、敏八は理解出来ない。おせんが殺されたこともまだ信じられない。だが、事実だ。

いま、自分が危機に直面していることは間違いないことだった。

藤十郎を裏切ることになる。その罪悪感が胸を締めつける。頰に傷がある男が現れたとき、おせんとぐるになっているのだと思った。罠にはめられたのだと思ったが、ふたりが宗十郎頭巾の武士に斬られてから、事態が呑み込めなくなった。

煙草入れをすり替えればすべてことがうまく収まるのだろうか。すり替えたあとで別の問題が出てきたりしないか。

店に戻ってからも、さまざまに思いが頭の中をかけめぐったが、敏八はいま目の前にある危機を乗り越えるしかないと思った。それで、すべてことが収まるとは思っていないが、あとのことは考えまい。

昼間、藤十郎が出かけて留守の間に決行しよう。

ふとんに入ったが、なかなか寝つけなかった。目を閉じると、おせんのなまめかしい姿態が蘇ってくる。が、すぐ頬に傷のある男が現れ、次にふたりの死体が横たわった光景になり、敏八は悲鳴を上げて飛び起きた。

小窓から朝陽が射し込んでいた。敏八はあわてて飛び起きた。台所のほうでは物音がし、店のほうからは掃除をしている気配がする。

敏八は急いで顔を洗った。

いつもと変わらぬ朝餉がはじまった。藤十郎も普段と変わることはない。ただ、敏八だけが食欲がなかった。

敏八は、飯を無理に喉に押し込んで、どうにか一膳だけ食べて、食事を終えた。

「番頭さん。もういいんですか」

給仕の女中が心配してきいた。

「少し腹の具合がよくないので、控えめにした」

藤十郎の耳に入るように、敏八は言った。


昼を過ぎて、藤十郎が出かけた。

株仲間の寄合が本町三丁目にある料理屋で行われる。寄合は夕方までかかるだろう。藤十郎が外出したあと、他の手代や小僧の様子を窺い、みなそれぞれ何かをやっているのを見定めてから、敏八は台帳を持って立ち上がった。

「ちょっと、質草と照合したいことが出てきた。すまないが、土蔵の鍵を貸してもらいましょう」

焦ってはならないと自分に言い聞かせて、敏八はわざとのんびりした口調で言った。

「番頭さん。私が行ってきます」

手代が立ち上がったが、

「いいんだ。自分で確かめたい」

と、制した。

敏八は土蔵の鍵を持ち、台所の脇にある廊下を土蔵に向かった。後ろめたさに、息が詰まりそうになる。

土蔵の錠前を開け、二重の扉を開ける。土蔵内の棚に梱包《こんぽう》された質草が整理されて収まっている。

武士の刀や鎧《よろい》もあり、町人からの箪笥もある。いまは冬なので、どてらや火鉢などは出払っているが、春になると、また質入れされてくる。

町人にとっては、質屋に品物を預けることは、倉庫代わりでもあった。この土蔵に収めてあれば、火事の際にも安心だった。

明かり取りからの陽光で、土蔵内は明るい。敏八は件《くだん》の品物を見つけた。急いで、棚から下ろし、結わえてある紐を解く。

懐に持って来た煙草入れとすばやく入れ替える。再び、紐を結び、棚に戻した。大きく息を吐く。思った以上に簡単に出来た。

敏八は土蔵を出た。ふっと、もう一度、大きく息を吐き、店に戻った。

鍵を元に返し、帳場格子に落ち着いた。そこで、はじめて動悸が激しくなった。他の者は誰も、敏八に注意を向けていない。

落ち着いてきて、ほっと息が漏れた。助かった、と心の内で呟いた。

暮六つになり、敏八は『万屋』を出て、足早に東本願寺に向かった。途中、無意識のうちに、何回も後ろを振り返った。

裏門から境内に入り、手水舎《ちょうずや》の近くに行く。常夜灯の明かりだけで、辺りは暗い。

ほどなく、宗十郎頭巾の武士が現れた。背後に提灯を持った若い侍がいた。

「持ってきたか」

「はい」

敏八は懐の煙草入れを武士に渡した。

武士はそれを検《あらた》めた。そして、小柄《こづか》を取り出し、裂いた。敏八は目を丸くして見ていた。やがて、武士は中から紙切れを取り出した。

書き付けが隠してあったのだ。武士は提灯の明かりでそれを確かめた。そして、満足そうに頷き、書き付けを畳んだ。

武士は書き付けを自分の財布にしまった。

「ご苦労だった。間違いない」

武士は敏八に声をかけた。

「もう、これで私には災いはないと思ってよいのでしょうか」

「そうだ。安心しろ。その代わり、我らのことも忘れるのだ」

「はい」

「よし、帰れ」

武士に命じられたまま、敏八は再び裏門を目指した。

岡っ引きの吾平は、敏八が裏門に向かったあと、本堂の横から出て、宗十郎頭巾の武士に近づいた。

「お侍さま。いかがでしたでしょうか」

「うむ。当方の目的は果たした。あとは、そのほうの好きにするがよい。ほれ、謝礼だ」

武士は小判の包みを寄越した。

「ありがとうございます」

「おせんと間夫は可哀《かわい》そうなことをした」

「なあに、ふたりともいつかあんな目に遭うような生き方をしてきた人間です。自業自得ってやつです」

そう言いながらも、おせんのことはちょっぴり惜しい気がした。おつたより若いぶん、気をそそられていた。

「まあ、それでも寝覚めは悪い。しっかり、供養をしてやってくれ」

「へい」

「では、もう会うことはあるまい」

宗十郎頭巾の武士は若い侍の持つ提灯の明かりについて表門に向かった。

これで万屋藤十郎を叩き潰すことが出来る、と吾平はにんまりした。

「親分。敏八をしょっぴくんですかえ」

手下がきいた。

「そんなことはしねえ。『万屋』の弱みを握って、金づるにするのが目的だ。直に藤十郎に会いに行くんだ。藤十郎め。どんな顔をするか、見物《みもの》だぜ」

自然と笑いが込み上げてくる。

吾平は東本願寺を出てから蔵前に向かった。

半刻（一時間）後、吾平は回向院裏のおつたの家で、うまい酒を呑んでいた。

「親分。こんなにうまくいくとは思わなかったぜ」

辰三が分け前の小判を眺めながら言う。

「問題はこれからよ。藤十郎の首根っこさえ押さえたら、あとは金をどんどん出させるだけだ」

「親分。私はなんだか腑《ふ》に落ちないねえ」

おつたが不貞腐《ふてくさ》れたように言う。

「おつた、何が不満なんだ？」

「おせんさんよ。確かに、あばずれだったけど、なにも殺さなくてもよかったじゃないか。それに、最初から殺すつもりだったみたいじゃないか。私たちも、騙されたんだよ」

おつたは宗十郎頭巾の武士にしてやられたと思っているようだ。

「まあ、そう言うな。間男で威すより、殺しの疑いで威したほうが効き目があるってもんだ」

「そりゃ、そうだけど」

おつたは、自分が仲間に引き入れたおせんが殺されたことが気に食わないようだった。

「あの侍、どこの家中なんだえ」

恨みのこもった声で、おつたがきいた。

「きょう、近田の旦那にきいてみた。旦那、やっと白状してくれた。北上藩《きたかみはん》栗野《あわの》家の国元から来た武士だ。国元からやってきたといっても、江戸は詳しい。以前は、江戸勤番だったそうだ。近田の旦那は粟野家に出入りをして、まあ、小遣いをもらっているんだ」

「粟野家で何か揉《も》め事《ごと》でも起こっているんですかねえ」

辰三が口をはさんだ。

「そうかもしれねえ。だが、俺たちには関係ねえ。粟野家相手じゃ、弱みを握っても金にすることは出来ねえ。そんなことをしたら、近田の旦那から恨まれてしまう。なあ、おつた」

吾平はおつたをなだめるように続けた。

「おせんは可哀そうなことをした。だが、そのおかげで俺たちはもっと金儲けが出来るようになるんだ」

「まあ、死んだ人間のことをいつまでも考えているわけにはいかないけどね」

おつたも割り切って言う。

「そうだ。まあ、金が入ったんだ。立派な墓でも建ててやろう。それでいいだろう」

「寝覚めがよくないけど、わかったわ。親分」

「ところで、おめえ。弟子の中で金のありそうな年寄りがいるとか言っていたな」

話題を変えようと、吾平はそんな話を持ち出した。

「ええ。隠居で、だいぶ小遣いを持っているみたい。いつも、高価なものを買ってきてくれるわ」

おつたはにやりと笑い、

「その隠居。いい歳をして、私をくどいてくるの」

「おいおい、まさか、その気になっちまっているんじゃないだろうな」

吾平は不快そうに顔を歪めた。

「あら、妬《や》いているの」

「ちっ」

「だったら、早く、おかみさんを追い出して、私をおかみさんにしてちょうだいな」

「もう少し待っていろ。おや、酒がねえな。もっと燗をつけてくれ」

「あいよ」

「でも、敏八は腰を抜かすでしょうね」

辰三が含み笑いをした。

「まあ、敏八だって少しだったが、いい思いをしたんだからな」

藤十郎をぐうの音も出ないように押さえつけられると思うと、吾平は溜飲《りゅういん》が下がる思いだった。

おつたが酒を持ってきた。

「親分。今夜は泊まってって。それとも、おかみさんが怖い？」

おつたが甘えながら、いたずらっぽい目を向けた。

「何を言うか。よし、今夜はたっぷり可愛がってやるか」

「あら、うれしい」

おつたがしがみつく。

「おいおい、いちゃつくなら、俺が帰ってからやってくんな」

「あら、兄さん。まだ、いたの？」

「ちっ。これだから、やってられねえ」

「辰三。まあ、呑め」

吾平はいい心持ちだった。なにより、万屋藤十郎の吠え面をみられると思うと、心が浮き立ってくる。

「これから、おめえたちももっといい暮しが出来るようになるぜ」

「ありがてえ」

辰三は大仰に喜んだ。

その夜、吾平はおつたの家に泊まった。女房を追い出し、おつたと暮らすのも悪くないと、吾平はおつたを抱きながら、そんなことを考えていた。

六

朝からどんよりした空模様で、亀三は鞴《ふいご》、小火炉、手洗い用水入れなどを両天秤に担ぎ、寒風吹きすさぶ中を両国橋を渡り、さらに、竪川を二ノ橋で渡り、北森下町にやってきた。

「鍋エ、釜ア、鋳掛け……」

と呼びかけながら、亀三は歩く。

寒いせいか、誰も外に出てこない。と思っていたら、長屋のかみさんに呼ばれた。

釜の修繕の注文だ。風を遮る二階長屋の塀の陰で荷を下ろした。火を使うので、あまり民家には近づけない。

鞴を使って火を熾《おこ》し、鉄を溶かして穴を塞いだ。その作業の間にも、鍋を持ってくるものがいて、亀三が目的の浄心寺裏の長屋に着いたのは、だいぶ陽が傾いてからだった。

「鍋エ、釜ア、鋳掛け……」

と、長屋木戸を入っていく。

きょろきょろ左右を見ながら路地を奥に行くと、簪の絵が描かれた腰高障子が見つかった。

「鍋エ、釜ア、鋳掛け……」

もう一度、呼びかけたが、誰も出てこない。突き当たりの井戸まで行き、引き返しかけたとき、小肥りの女房が鍋を持って出てきた。

「鋳掛屋さん。お願い」

「へい」

亀三は井戸の近くの広い場所に移動して、天秤棒の荷を置いた。

鞴を踏み、小火炉に火を熾し、鉄を溶かす。穴を塞ぎ、金槌で叩く。小肥りの女房が仕上がった鍋を持って家に帰ったあと、客はなかった。

亀三が荷を片づけはじめたとき、四十絡みの商人らしい男が木戸を入ってきた。

男は簪が描かれた腰高障子の家の前に立つと、こっちにちらっと目をやってから、戸を開け、中に入った。

しばらくして、男の子が出てきた。文吉に目の辺りが似ている。

男の子は長屋木戸を出ていった。亀三は天秤棒を担いで追った。

木戸を出て、浄心寺裏に向かった。

「長太かえ」

そばに近づき、呼びかけた。

男の子は立ち止まって振り返った。

「おじさん。誰だい？」

黒目を光らせてきいた。

「おじさんはおめえのおとうの友達だ」

「えっ、おとうの？」

黒目がさらに輝いた。

「そうだ。ちと話していいかえ」

「いいよ。おとうは元気なのか」

「ああ、元気だ。長太のことをいつも気にしている」

「おとう……」

「おとうに会いたいか。会いたければ、連れていってやるぜ」

「うん」

弾んだ返事をしたが、すぐあとで、

「でも、だめだ」

と、俯いた。その悄然とした様子に、亀三はびっくりして、

「どうしたんだ？」

と、きいた。

「うん」

長太はもじもじしている。

「おっかさんのことか。おとうに会いに行くと、おっかさんに叱られるのか」

「………」

「長太。どうしたんだ？　さあ、ちゃんと話してみな」

「あのおじさんが……」

「あのおじさんって誰だ？」

「いま、来ているんだ。冬木町《ふゆききちょう》で傘屋をやっている菊蔵《きくぞう》って男だ」

長太の言い方には菊蔵を嫌っているような響きがあった。

「菊蔵ってひとがどうしたんだ？」

「おいらのおとうになるかもしれないんだ」

「なんだと」

亀三は胸を激しく叩かれたような衝撃を受けた。

「おめえのおっかさんは再婚するって言うのか」

「ああ、前から熱心にうちに来ていた。おっかさんも、最近、そんなことを言い出して」

「おめえはどうなんだ?」

「いやだ。俺のおとうはひとりしかいねえ」

「そうだ。おめえのおとうはひとりだけだ。そうか、菊蔵って男が来たから、家を出てきたってわけか」

「うん」

「おっかさんは、その気になっているのか」

「迷っているみたいだ」

「よし。おじさんがおっかさんに話をつけてやる」

「ほんとうか」

「ほんとうだ。いいか。俺はここにいるから、菊蔵って男が帰ったら、呼びに来るんだ」

「わかった。おじさん、ほんとうに待っててくれよ」

「ああ、待っている」

長太は長屋に走っていった。

それから、四半刻ほど待った。陽射しがないせいか、じっとしていると、底冷えがしてくる。

ようやく、長太が戻ってきた。

「帰った」

「よし」

亀三は再び天秤棒を担いで長屋に向かった。

木戸をくぐり、路地に入る。

すると、女が外に出ていた。

「おっかあだ」

長太が叫んで、走り出した。

「どうしたんだい、また出ていっちゃって」

女が長太に声をかけた。

「あのおじさんがおっかあに」

長太が振り返って言う。

女が顔を向けた。

亀三は思い切って声をかけた。

「もし、おけいさんでしょうか」

女は訝《いぶか》しげな顔を向け、

「はい、おけいです。どちらさまで？」

と、きいた。

「ご覧の通りのしがねえ鋳掛け屋でございます。じつは、あっしは文吉さんにいろいろお世話になっているものです」

「文吉……」

おけいの顔色が変わった。しばらく、亀三を茫然と見ていたが、

「あのひと、元気にやっているのでしょうか」

と、やっと我に返ったようにきいた。

「ええ、頑張ってます。酒も一切断ち、飾り職人としてもかなり腕を上げ、いい仕事をしているようです」

「そうですか」

ふと、おけいは寂しそうな顔になった。

「おけいさん。そのことで、あっしの話を聞いてもらえませんかえ」

「……………」

「いいえ、これはあっしの一存でやってることです。出しゃばった真似をするようで気が

引けるんですが、ぜひ話を聞いてやっちゃくれませんかえ」

「おっかあ、寒いから中に入れてあげて」

長太がおけいに勧めた。

「ああ、そうだったね。どうぞ、お入りください」

そう言い、おけいは長太とともに家に入った。

「では、荷物をここに置かしてもらいます」

亀三は家の前に荷を置き、天秤棒を立てかけてから、おけいに続いて中に入った。

「どうぞ。お上がりください」

「いえ、あっしはここで」

亀三は上がり框に腰を下ろした。

おけいは火鉢に新たに炭をくべた。

「おじさん。俺、外で遊んでくる」

気を利かせ、長太は土間に下りた。

「すまなかったな」

長太は外に飛び出していった。

「おかみさん。さっき、長太から聞いたんですが、再婚を考えているんですって。冬木町で傘屋をやっているひとだそうですね」

亀三はさっそく切り出した。

「まあ、あの子ったら、そんなことまで」

おけいは軽く戸惑いを見せた。

「文吉さんと縒りを戻す気はねえんですかえ」

「……………」

「長太は言ってましたぜ。俺のおとうはひとりだけだって」

「あの子のためなんです。後添いに入れば、長太が傘屋を継ぐことになるんです。いまから商売を覚えれば、立派な跡継ぎになってくれると」

「長太は、それでいいんですかねえ。長太にはやはり文吉さんが必要なんじゃないですかえ」

「あのひとには、ほとほと愛想がつきたんです」

「文吉さんはこの三年間、酒を断って仕事を頑張ってきたんですぜ」

「ほんとうですか。じゃあ、なぜ、今年の一の酉までに帰ってこなかったのですか。まっとうになって帰ってくると約束したはずです」

「そいつにはわけがあるんです」

「言い訳なんて聞きたくありません」

「おかみさん。文吉さんはこの三年間で二十両の金を蓄えたんです。さっきも言ったように、酒を断ち、仕事一途で、それだけの金を貯めたんです」

「………」

「明日はおかみさんと長太に会いに行くという日、文吉さんは首をくくろうとしていた女を助けたんです。大店の若旦那と駆け落ちした女です。子どもまで出来たが、若旦那が怪我をして働けなくなった。借金が嵩《かさ》み、切羽詰まって、女は男の実家に詫びを入れに行ったんです。別れるから、男と子どもを引き取って欲しいと。そしたら、向こうの親はなんて言ったと思いますね。おまえさんが生きていたら、倅《せがれ》は心が残ってまともになれない。おまえさんが死んでくれたら、引き取るって」

おけいは痛ましげに表情を曇らせた。

「それで、女は首をくくろうとしたんだ。寸前で、文吉さんが助けた。わけを聞いて、文吉さんはおけいさんに渡そうと思っていた二十両をやってしまったんですよ」

亀三はさらに言った。

「あとで悔やんでは、ひとの命が助かったんだからと自分に言い聞かせていたようでした」

「その話がほんとうなら、私たちより赤の他人のほうが大事だったということですね」

おけいは冷たく言った。

「そうじゃねえ。文吉さんは、おけいさんと長太に会いに来ていたんだ。だが、二十両を持っていないので、合わす顔がなくて引き上げたんだ」

亀三は懸命に説得した。

「文吉さんはまっとうになった。どうか、縒りを戻してやってくれませんか」

「あなたを疑うわけではありませんが、にわかに信用することは出来ません」

「おかみさん」

「どうぞ、お引き取りください」

「わかりやした。いきなり、こんな話を聞かされて、はいそうですか、と信用しろというほうが無理だ。でも、おかみさん、あっしの言葉に嘘はねえ。どうか、考えてみてくださいな。お願いします」

亀三は立ち上がって頭を下げた。

外に出ると、長太が待っていた。

「おっかさんも、そのうちわかってくれる。近々、長太ひとりでも、おとうに会いに来るか」

「うん。行く」

「また、来るから」

亀三は天秤棒を担いで長屋木戸を出た。

長屋に帰って、新太郎とおさよの家に寄ると、ふたりともいなかった。太助が出てきて、

「新太郎さんたちは、客が来て、出かけたよ」

と、小首を傾げながら言った。

「赤子も連れていったのか」

「そうだよ」

「客ってどんなひとだ？」

「大店の番頭さんふうのひとだった」

「番頭？」

亀三はきのうも本郷のほうに行商に行ったとき、『松島屋』に寄って、大旦那と会った。

半刻近く、話をした。それで、『松島屋』の番頭ではないかと思ったのだ。

太助の炊いた飯で、夕餉をとったが、隣はまだ帰ってこない。

隣で物音が聞こえたのは五つになる頃だった。

少し間を置いてから、亀三は隣に行った。

戸を叩いて、

「すまねえな。いいかえ」

と、声をかけた。

「どうぞ」

新太郎の声が返ってきた。

亀三は戸を開けた。

「どうぞ、お上がりください」

おさよが亀三のために場所を空けた。

「いや、ここでいい」

亀三は上がり框に腰を下ろした。

「客が来たそうじゃねえか。まさか、本郷から」

「はい。番頭さんがやってきました」

「で、なんだって」

「じつはおっかさんが近くの料理屋に来たんです」

「で？」

「はい。おとっつあんと一度話し合って欲しいということでした」

「子どもを見せたのかえ」

「ええ。おっかさんはかわいい子だと喜んでくれました」

「そうかえ、そいつはよかった」

「でも、まだ、おとっつあんの気持ちがどこにあるかわかりませんから」

「いや、会うっていう気持ちになっただけでも違う。なにしろ、よかったぜ」

亀三は我がことのように喜んだ。

「これも亀三さんのおかげです。なんども、おとっつあんを説得してくれたそうですね。おっかさんが言ってました」

「いや、そんなことはねえ。きっと、文吉さんが何か言ったのが、効いたのかもしれねえ」

「はい。文吉さんのことも、おっかさんは言ってました」

亀三はふと思いだして、

「じつは、その文吉さんのことで頼みがある」

と、切り出した。

「文吉さんに何か」

新太郎が顔色を変えた。

「いままで黙っていたんだが、文吉さんには深川におかみさんと子どもがいるんだ」

文吉がおかみさんと別れた経緯を話し、さらに、あの二十両はおかみさんと子どもに再会するために貯めた金だったのだと言うと、おさよは泣きそうな顔になった。

「そんな大切なお金を私たちのために……」

「どうだろうか。ふたりで、おかみさんに会ってくれまいか。あっしでは信用がないらしく、信じてもらえないんだ」

「行きます。行かせてください」

新太郎とおさよが同時に言った。

「すまねえ。助かる。なんとか、縒りを戻させてやりてえんだ」

「はい」

長太のためにも、なんとしてでもおけいを説得しなければならない。亀三は改めて心を固めた。

第四章　陰謀

一

浅草山之宿町の大川べりにある料理屋『川藤』の二階の小部屋で万屋藤十郎はおつゆと会っていた。

おつゆは二十二歳。きりりとした顔を藤十郎に向けて話している。

「北上藩栗野家では、三年前に政変があったそうにございます。先代の当主政親《まさちか》さまに代わって、いまは弟の幸親《ゆきちか》さまが当主となられております。先代の政親さまは寺社奉行を狙い、老中に賄賂《わいろ》を贈っていたと言います。ゆくゆくは老中を目指していたとのこと。そのため、藩の財政が逼迫《ひっぱく》し、藩の安泰を第一と考えていた国家老が弟君の幸親さまを擁立して、ついに藩主交替にこぎつけたと」

おつゆは美しい瞳をじっと藤十郎に向けたまま続ける。

「ところが、今年になって隠居においやられていた政親さまが、三年前まで政親さまが賄賂を送っていた老中のひとりの力添えを得て、返り咲きを画策しているとの噂《うわさ》が。政親さまに若君がお生まれになったことでお気持ちが動いたようです」

「北上藩栗野家といえば、譜代《ふだい》大名、やはり、幕府の官職に憧《あこが》れるものなのか。おろかなことだ」

　藤十郎は冷たく言った。

　幕府の官職につくのは、大名では譜代に限られており、譜代大名からは寺社奉行、伏見奉行、側用人、大坂城代、京都所司代などの職を幾つか歴任し、若年寄、老中へと上り詰めることが出来る。

　藩主が幕閣を目指せば、そのために何かと運動をしなければならない。その第一が多額の賄賂だ。さらに、幕府の要職に就けば定府となり、連日江戸城へ詰めていなければならない。

　藩主は国元に帰ることはなくなるのに、江戸での費用は国元が工面しなければならない。藩の統治を第一に考える者は、藩主の出世願望を快く思わないであろう。

「現藩主の幸親さまは参勤交代で、いまは江戸におられます」

「どうやら、あの書き付けの内容を信じていいようだ」

「はい」

　敏八の行動に不審を抱き、その前に押し入った覆面の武士の動きなどから、藤十郎は煙草入れに隠されていた書き付けを取り出し、目を通していた。そこには、とんでもないことが書かれていた。

「よし。近々、下屋敷《しもやしき》に行く予定があるかどうか、調べてもらいたい」

下屋敷のことは書き付けに触れられていた。

「畏まりました。それから、上島小平太なる者は確かに、上屋敷《かみやしき》におります。ただ、登勢なる女中はいないとのこと。国元の人間かと。いま、その所在は不明でございます」

「もし、生きているのなら、登勢は粟野家の中屋敷か下屋敷内にとらわれているやもしれぬ。探ってくれるか」

「畏まりました」

「藩内の対立だとしたら、私はどちらにも肩入れするつもりはない。家中の者たちが決めればよいことだ。だが、目的のために手段を選ばぬ者を許してはおけぬ」

藤十郎は、敏八を威し、登勢が質入れした煙草入れを持ち出させた宗十郎頭巾の武士のことを頭に描いていた。

それにしても、敏八は迂闊だった。手代の話だと、色っぽい女の誘いに乗って、のこのこと出かけていった。先夜、今戸の家で殺されたのは、その女のようだ。その件に、敏八は関わっている。いや、はじめから計画的にはめられたのに違いない。

煙草入れを取り返すために、ひとの命まで奪う。そのことが許せない。

「おぼろげに何かが見えてきた気がする。おつゆ、ご苦労だった」

藤十郎はおつゆをねぎらった。

「いえ」

おつゆははじらいを含んだ笑みを浮かべた。

きょうは町娘のなりだが、おつゆは女太夫になって町中を流すこともある。そして、ときたま、『万屋』の前で門付けをする。

何かの連絡がある場合であり、また、藤十郎から連絡をとりたい場合には、この料理屋の主人に頼むのだ。

「藤十郎さま、お願いがございます」

おつゆが憂いがちの目を向けた。

「たまには藤十郎さまとどこぞに行ってみたいのです。いけませんか」

「いつもそなたにはつらい思いをさせている。考えておこう」

「お願いいたします」

おつゆはうれしそうに口許を綻ばせた。笑うと、あどけない可愛らしい顔になる。苦労をかける、と藤十郎は不憫に思った。しかし、そういう星の下に生まれたことを、甘んじて受け入れなければならないのだ。

「いつか、旅に出なければならないときがこよう。そのとき、そなたについてきてもらいたい」

「はい。よろこんで。でも、どちらへ？」

「京だ」

「京？」

　おつゆの目が輝いた。

「では、そろそろ店へ戻らねば」

「はい」

　階下に行くと、主人の吉蔵《きちぞう》が、

「外はだいじょうぶでございます」

　と、声をかけた。

「吉蔵。近いうちにそなたの力を借りたい」

「はっ。いつでも」

　吉蔵は小柄で身の軽い男だ。藤十郎より幾つか若い。

「おつゆから知らせる」

「はい」

　藤十郎とおつゆは別々に出た。先に藤十郎が行き、あとからおつゆが歩いている形だ。誰もふたりがいままでいっしょだったとは思わないだろう。

　藤十郎は田原町の角を曲がったが、おつゆはそのまま稲荷町のほうに足を向けた。

『万屋』の裏口から入ると、手代が小声で、

「吾平親分が旦那さまを待っています」

と、教えた。

頷き、藤十郎が店に行くと、岡っ引きの吾平が上がり框に腰を下ろし、煙草をふかしていた。

「おう、万屋。待っていたぜ」

吾平はにやついている。

「何か御用で？」

へいこらしないことが気に入らないようだが、藤十郎はいつもと変わらぬ毅然とした態度で吾平に接する。

「涼しい顔をしていられるのもいまのうちだ。ちょっと顔を貸してもらいてえ。ここで話している最中に客が来たら困るだろう」

「はて」

藤十郎は吾平の用件を考えた。いままではほったりだけだったが、今回はいつもと様子が違う。ときおり、吾平の当てこするような視線が敏八に向かう。

「それとも、ここで大声で説明してもいいんだぜ」

敏八のことか。敏八をしょっぴくことが出来ると思っているようだ。とすれば、先日の今戸の殺しの件しか考えられない。

そうなると、あの宗十郎頭巾の武士と吾平はつるんでいるということか。

「では、東本願寺にしましょう」

「なに、東本願寺？」

そこは宗十郎頭巾の武士と敏八が密かに会った場所だ。そのことで、吾平は何かを感じ取ったのか。

「東本願寺ではまずいとでも？」

藤十郎はわざときいた。

「いや。じゃあ、そこで待っている」

吾平は店を出ていった。

藤十郎は立ち上がった。敏八は俯いたまま震えていた。

「敏八」

声をかけると、敏八はぴくっとした。

「何か心当たりはあるか」

「いえ……」

震えながら、小さい声で答えた。

「出かけてくる」

藤十郎は裏口から出た。

東本願寺の裏門から入り、だだっぴろい境内を突っ切ると、本堂に近い手水舎のそばに吾平と手下が待っていた。

藤十郎が近づくのを、吾平はほくそ笑みながら見ている。

「では、用件を伺いましょう」

藤十郎は吾平の前に立った。

「よし。聞いて驚くな」

吾平は威すように言ってから、

「じつは、番頭の敏八に殺しの疑いがかかっている」

「それで？」

「それでだと？　てめえのところの使用人がひとを殺したっていうのに、なんだ、その他人事のような態度は？」

吾平はどすの利いた声で言った。

「敏八が誰を殺したというのですか」

「教えてやろう。おせんという女とその間夫だ。敏八は美人局《つつもたせ》に遭い、おせんと間夫に威された。そこで、侍を雇い、ふたりを殺させたのだ」

「その侍が白状したのですか」

「なに？」

「どうして、そこまではっきり言えるのですか。敏八から話を聞いたようにも思えない。だとしたら、その侍が喋ったとしか考えられません。その侍は誰なんですか」

「そんなこと、教える必要はない」

「どうやら、まだ捕まえていないようですね」

「てめえ、おかみをなめると容赦しねえぜ」

吾平は目を剝いて顔を近づけた。

「別になめてはいませんよ。その侍の正体が気になりましたので、きいたまで」

「どうせ食いっぱぐれの浪人だろう。すぐ見つかるさ」

「いや、浪人ではない。宗十郎頭巾の武士だ」

あっと、吾平が叫んだ。

「どうして、それを?」

「やはり、そうなんですね」

「そうじゃねえ。どうして、そう思ったのだときいているんだ?」

「敏八が、その武士にここに呼び出されたからです。宗十郎頭巾の武士は、敏八に何かを頼んでいた」

「…………」

「吾平親分。その武士は北上藩粟野家の者だ」

吾平の顔つきが変わった。

「しょっぴかれたら、敏八は北上藩粟野家の名を出すでしょう。粟野家の人間を詮議の場に連れ出すことは出来るのですか」

「武士が誰かは関係ねえ。敏八が殺すように命じたのだ。問題は敏八にある」

吾平は強引に言う。

「さようでございますか。もうひとり、間夫の男の名前はなんと言うのですか」

「………」

「まだ、わかっていないようですね。わかりました。私から、敏八を問いつめてみましょう。それで、敏八が殺しに関わっているとしたら、親分の手に引き渡しましょう」

「待て」

吾平はあわてた。

「俺はなにもやみくもに敏八をお縄にしたいってわけではねえ。『万屋』のためを思って、内聞《ないぶん》にすましてやりてえと思っただけだ」

「ひとを殺していたら、お裁きを受けるのは当然です。それに、宗十郎頭巾の武士にも罰を受けさせなければなりません。親分のほうで、粟野家のほうに問いただすのが差し障りがあるのなら、私どものほうの伝を使って粟野家に問いただしてみましょう。その前に、まず敏八です。さっそく、敏八を問いただしてみましょう。親分もいっしょに話を聞いてもらいましょうか」

「いや」

「さあ、『万屋』の名誉にも関わることです。ぜひ、ごいっしょに」

藤十郎は強引に吾平を急かした。

吾平は困惑した顔になった。

「親分。それから、ついでですから、例の盗品の件も詳しく調べてもらいましょう。品物を持ち込んだのは……」

「もういい。万屋。きょうのところは引き上げる」

吾平は口許をひん曲げて言った。

「そうですか。では、私どもで敏八を問いつめ、改めて御番所に行かせます」

吾平はすごすごと退散した。

藤十郎は店に引き上げると、別の部屋に敏八を呼びつけた。

「敏八。吾平親分が何の用で来たのかわかるか」

「はい」

敏八は背中を丸めて小さくなっている。

「吾平は、おまえに殺しの疑いがあると言っていた」

「げっ。そんな」

敏八はのけぞった。

「おせんという女とその間夫を、侍を使って殺させたという」

「とんでもない。私はそんなことはしておりません。ただ、おせんという女に引っかかって……」

「詳しく話すのだ」

「はい。おせんという女が店に来まして」

敏八は最初から語りだした。

「御酉様の夜、おせんの家でふたりでいたところにいきなり間夫の男が現れて、俺の女を寝取った、どうしてくれるのだと威され、震え上がっていたとき、頭巾をかぶったお侍が乗りこんできて、ふたりを斬り殺してしまったんです」

敏八は震えながら、

「そのお侍はうまく片づけるから、代わりに……」

と続けて、言葉を呑みこんだ。

「登勢という女が質入れした煙草入れを持ち出せと言ったんだな」

藤十郎があとを引き取ると、敏八は跳び上がらんばかりに驚いた。

「敏八。なぜ、私に言わなかった？　なぜ、独断でことを運ぼうとしたのだ。うまく、隠しとおせるとでも思ったのか」

「申し訳ございません」

敏八は深く頭を下げた。

「お客から預かった大切なものを、どんな理由があろうと勝手に持ち出すことは許されぬことだ。質屋としての自覚が足りません」

藤十郎は激しく叱責した。

「以後、心して、仕事せよ」

「では、私は?」

敏八の声が詰まった。

「やめないでよろしいのでしょうか」

「過ちは誰にでもある。それを悔い改めれば、二度と間違いを犯さないだろう。店に来て三年の間、まじめに働く姿を見てきましたからね」

「ありがとうございます」

「よいか。宗十郎頭巾の武士と吾平はぐるだ。武士のほうが煙草入れを手に入れたら、今度は吾平のほうが食いついてきた。こういうことは相手の言いなりになったら、どんどん深みにはまる。このことも肝に銘じておくのだ」

「はい」

どうして知り合ったかわからないが、宗十郎頭巾の武士と吾平は手を組んでいた。武士のほうは敏八に煙草入れを持ち出させるため、吾平は『万屋』に付け入る弱みを見つけるためだったに違いない。

「もうよい。店に出なさい。吾平が現れても、びくつくことはない。私にきいてくれと言えばよい」

「わかりました」

涙顔で、敏八は立ち上がった。

「顔を洗っていけ」

藤十郎は声をかけた。

敏八が去ってから、藤十郎は懐に手を入れた。紙入れの中に、ある書き付けが入っている。登勢か、上島小平太に返さねばならない。

二

暮六つの鐘が鳴りはじめた。文吉は道具を片づけた。そのとき、

「文吉、ちょっといいかえ」

と、親方が呼んだ。

「へい」

文吉はすぐに立ち上がった。

親方は小部屋に文吉を呼んで、

「じつは、昼間、紅屋さんが来た」

下谷広小路にある小間物商の『紅屋』だ。親方がそこと取引をしたがっていることは重々わかっている。『紅屋』が扱う品物は高級品が多く、当然、手間賃もいい。いい仕事をすれば、職人の腕も伸びる。

「今度は『紅屋』の注文だ。簪を彫って欲しいという。図柄はなんでもいい。二十四歳の女に合うものという条件だ。どうだえ」

親方はじろっと睨んだ。

一瞬、『松島屋』の旦那の注文ではないかと疑ったが、わざわざ確かめるのも角が立ちそうだし、第一、親方は『紅屋』と取引をしたがっている。

「わかりました。やらせていただきます」

「そうか。頼んだ。金に糸目はつけないそうだ。飾り職人文吉として一世一代のものを仕上げて欲しいと紅屋さんが言っていた」

「へえ。わかりました。腕に縒《よ》りをかけてやらせていただきます」

「ああ、ありがとうよ。いま、かかっているものは他のものにやらせる」

「いえ、明日中には終わりますから」

そう言い、文吉は親方のもとを下がった。

じき、二の酉だ。その次の三の酉が済めば、すぐ師走《しわす》だ。今度の正月もひとりで過ごすことになる。

いや、そんな泣き言はなしだ。いい仕事が入った。金に糸目をつけず、好きなように彫っていいというのだ。『紅屋』が出来上がった簪をどこの誰に引き渡すのか、そんなことは考えまい。

与えられた仕事を立派にやり遂げよう。これからは、この仕事のことだけを考えるのだ。

一膳飯屋の『おらく』に寄っていこうかと思ったが、頭の中を簪の図柄が占めていて、気がつくと長屋に向かっていた。

木戸を入ったとき、路地の暗がりに男の子が立っていた。亀三の子の太助かと思って足早に近づいた。

文吉は立ちどまった。そして、目を疑った。

男の子が近づいてきた。

「おめえ、まさか……」

文吉は声が震えた。

「おとう」

いきなり男の子が駆け寄ってきた。

「長太か。長太か」

文吉はいきおいよく胸に飛び込んできた長太を受け止めた。

「おとう……」

長太は泣きじゃくってあとは言葉にならない。

「おめえ、大きくなったな。こんなに大きくなりやがって」

文吉は長太を夢中で抱きしめていたが、

「こんなところじゃ寒いだろう。中に入ろう」

「うん」

ふと気がつくと、長屋の連中が顔を覗かせている。

隣のかみさんが、

「文吉さんに、こんないい子がいたの」

と、驚いたように言った。

「へえ。みなさん、あっしの子です。長太って言います」

「長太です。おとうがお世話になっております」

長太が長屋の連中に挨拶したので、文吉はまたびっくりした。

「まあ、なんて賢い子だ」

大家まで出てきていた。

「さあ、寒いから中に入りなさい」

大家が勧める。

「じゃあ、みなさん。ありがとうございました」

文吉は頭を下げて、家の中に入った。

「待ってろ。いま、火を熾すからな」

文吉が火鉢の灰をかきわけていると、戸が開いて、隣の左官職の亭主が真っ赤に熾った炭を持ってきた。

「坊やは外で待っていたんだ。体が冷えているだろう。この炭を使ってくれ」

「すまねえ」

「なあに。いいってことよ」

そう言い、火鉢に炭をくべ、

「さあ、暖かくなるぞ。坊、当たりな」

と言って、隣の亭主は引き上げていった。

また戸が開いて、向かいのかみさんが、鍋を持ってきた。

「熱い味噌汁だ。暖まるよ」

「こいつはいい。すまねえな」

次々と、夕飯のおかずが持ち込まれ、長太は目を見張っている。

「長太。せっかくだ。いただこう」

「うん」

腹が空いていたのだろう、長太はまず煮魚に手を伸ばし、うれしそうに食べはじめた。

文吉は腹が空いているのに胸がいっぱいで食べ物が喉を通らない。おけいがひとりでここまで長太を大きく育てたのだ。

おけい、ごくろうだったな。ありがとうよ。そう心の内で呟きながら、ふと疑念が押し寄せた。

ひょっとしたら、おけいは再婚するのではないか。新しく父親になる男になじめず、長太は俺に会いに来たんじゃないか。

だが、そう思いながら、おけいのことをきくのが怖かった。

「それにしても、長太。どうしてここがわかったんだ？」

「ひとに聞いて……」

長太は食べ物が入った口をもぐもぐさせて言った。

「そうか」

あちこち尋ね回りながらここまでやって来たのか。

「長太。おっかさんには何て言ってきたんだ？」

「おとうのところに行ってくるって」

「よく許してくれたな。それに、深川からここまでひとりで来たのか」

「こっちのほうまで来るひとがいたので、そのひとに連れてきてもらったんだ」

「そうか」

「おとう」

長太が文吉の顔を見つめた。

「なんだ？」

「泊まっていっていいか」

「当たり前だ。こんな時間に深川まで帰れめえ。おっかさんにはそう言ってきたのか」

「うん」

「そうか」

文吉は胸が締めつけられた。

おけいは今夜、再婚する相手のところに行っているのかもしれない。よほど、きいてみようかと思ったが、長太に答えさせるのは酷のような気がした。

その夜はいっしょに寝た。昔を思い出した。

「棒手振りをやっているそうだな」

文吉はきいた。

「どうして知っているの？」

「いや。そんな気がしただけだ。そうなのか」

「うん。朝はあさり・しじみ、昼間は箒や付木《つけぎ》なんかも売っているよ」

「そうか。頑張ってるんだな」

「だって、おっかあも夜遅くまで仕立ての仕事しているし……」

「そうか」

酒さえ呑まなければ、こんな苦労をかけるようなことはなかったのだと思うと、胸が詰まった。

「でも、商売を覚えられるな。大きくなったら、商人になるか」

文吉はわざと元気に言う。

「うん。でも」

長太が言いよどんだ。

「でも、なんだ？」

「俺、職人になりてえ」

「職人？」

「おとうのような名人といわれる飾り職人になりてえ」

「長太、おめえって奴は……」

文吉はあとの言葉が続かず、ふとんの中で、思い切り長太を抱きしめた。

「痛いよ」

「あっ、すまねえ。職人の修業はたいへんだ。だが、おめえならだいじょうぶだ。棒手振りで頑張っているんだから、どんなつらいことだって辛抱し、やっていける。きっと、俺以上の職人になれる」

文吉は夢中で喋った。

「でも、うれしいぜ。おめえがそんなことを言ってくれるなんて。ありがてえことだ」

長太から返事がないことに気づいた。長太は寝息を立てている。

「なんだ、寝ちまいやがったか」

文吉は苦笑したが、疲れが溜まっているのだと思うと、不憫だった。

文吉は心が昂《たかぶ》り、眠れそうになかった。


翌日、文吉は長太を長屋に残して仕事に出かけたが、親方にわけを話し、午後から暇をもらって、長屋に戻ってきた。

「おとう、仕事はだいじょうぶなのか」

長太が心配してきく。

「かかっていた仕事を終えて来たから心配いらねえ。よし、なんかうめえものを食ってから、深川まで送っていこう」

　文吉は続けて、

「何が食いたい？」

　と、きいた。

「なんでもいい」

「うなぎか天ぷらか」

「いいよ。おとうがいつも食べているところに行こう」

「おめえ、遠慮しているな。そんな気をつかわなくていい。よし、うなぎでも食うか。おや、どうした？　うなぎはいやか。そうか、食べたことないか。じゃあ、天ぷらに……」

「…………」

「おとう。俺ばかりいいもの食えねえよ。おっかあもいっしょならいいけど」

　文吉は胸が一杯になる。

「おめえはやさしい子だ」

　涙声になりそうなのを堪《こら》えて、

「よし。おとうがいつも食べているところに行こう」

　文吉は長太を一膳飯屋『おらく』に連れていった。

「いらっしゃい」

おらくが長太を見て目を見張った。

「ひょっとして、文吉さんの子？」

「よくわかったな。長太っていうんだ」

「よく似ているもの。長太さん、よろしくね」

「おとうがいつもお世話になっています」

「まあ、しっかりした子だこと」

「この店で、一番おいしいものを食べさせてやってくれねえか。そうだ、茶飯におでんをもらおうか。おでんでいいか」

「うん」

「茶飯におでんね」

おらくは板場に入っていった。


文吉は長太と手をつなぎ、両国橋を渡った。雲の隙間から太陽が顔を出した。弱い陽射しでも、なんとなく暖かく感じられる。

長太は茶飯とおでんを、おいしいと言ってお代わりもした。こんな満ちたりた気分になったのはいつ以来だろうか。

もし、おけいが再婚するなら、長太を引き取ろう。

両国橋を渡り、回向院に寄ってから、浄心寺裏にやってきた。

長屋の木戸口まで来てから、

「じゃあ、おとうはここで帰るから」

と、文吉は言った。

「おっかあに会っていかないのか。会ってくれよ」

長太は文吉の手を引っ張った。

「長太。いまさら会っても、おっかさんだって迷惑に違いねえ。おめえから、よろしく言ってくれ」

「いやだ。会ってくれよ」

無理だ、と口から出かかったが、長太を突き放すことは出来なかった。

「わかった。ちょっとだけだ」

覚悟を決めた。こうなったら、長太を引き取る話を持ち出してもいい。長太に手を引かれたまま、長屋の路地を入っていった。

懐かしい家の前に立った。長太が戸を開けた。

「さあ、入って」

「長太かえ」

奥から、おけいの声が聞こえた。

思い切って土間に足を踏み入れた。

「おっかあ。おとうだぜ」

おけいが出てきた。三年間思い続けた、笑顔があった。

「長太を送って来たもんで」

「どうぞ、上がってくださいな」

「いや……」

「おとう。さあ、上がって」

長太が文吉の手を引っ張った。

されるがままに、文吉は部屋に上がった。懐かしい部屋だ。ここで、親子三人が暮らしていたのだ。

「おっかあも座って」

長太がおけいの手を摑んで座らせた。

「元気そうだな」

文吉は眩《まぶ》しそうにおけいを見た。

「おまえさんも」

おけいが言う。

「長太をよく立派に育ててくれた。礼を言うぜ」

思いついたことを口にする。

「おまえさんの子だもの。なんでも自分で出来る子だったたから」

おまえさんと言われるのがこそばゆいが、心地好かった。ここに座っていると、三年間の空白を忘れるくらいに落ち着いた気分になれる。

茶簞笥の位置も、その上に置かれた仏壇も、衣紋掛《えもんか》けをつるしてある場所も昔のままだ。ただ、衣紋掛けにかかった着物が男物なのが胸を塞いだ。再婚相手の男のものか。それを除けば、神棚の富岡八幡宮の御札も俺がいたときと同じだと思い、もう一度、部屋の隅々まで見た。火鉢も煙草盆も枕屏風の汚れも記憶がある。

改めて、衣紋掛けの着物を見た。俺が着ていた着物だ。

「おけい」

覚えず、文吉は呼びかけていた。

「昔のままだ」

「そうだよ、おとう。おっかあはいつも言っていたんだ。三年経ったら、おとうは必ず帰ってくるって。御酉様までに帰ってくるって。だから、おとうのいたときと同じにしておくんだって」

「おけい。待っててくれたのか」

「ええ。おまえさんは必ず立ち直る。そう信じていたわ」

「そうだったのか」

「正直言うと、一の酉が過ぎても、おまえさんが来なかったとき、寂しかったわ。もう、おまえさん、私たちのことを忘れてしまったんじゃないかって」

「そんなことあるもんか。おめえたちのことを片時も忘れたことはねえ」

文吉は夢中で喋った。

「俺は大家さんに言われたとおり、酒を断ち、仕事に励んだ。だが、思わぬことがあって、ここに来ることが出来なくなったんだ」

「聞いたわ」

「聞いた？　何をだ？」

「みんな」

「みんな？」

あっと、文吉は声を上げた。

「まさか、亀三さんが……」

「ええ。でも、亀三さんだけじゃないわ。新太郎さんとおさよさんも来てくれたわ。おまえさんが命の恩人だって。おまえさんに二十両をもらったって。それを聞いて、私、うれしかった。お金なんかなくてもいい。おまえさんが立派に立ち直ってくれたことがうれしかった」

「おけい」

文吉は手を伸ばし、おけいの肩を引き寄せた。

「また、三人で暮らそう。いいな、おけい」

「はい」

「おとう」

長太が泣きながらしがみついてきた。

夢ではないかと思いながら、文吉は、おけいと長太を抱き寄せた。

三

夜、大川から小名木川に入った舟は高橋をくぐって、しばらくして停泊した。北上藩栗野家の下屋敷の船着場だ。蔵が建っている。国元からの物資を貯えてあるが、風光明媚なところにあり、藩主の別邸としても使われていた。

舟には、藤十郎の他に、黒装束に身を包んだ吉蔵と如月源太郎が乗っていた。

凍てつくような夜だ。やがて、藤十郎は無言で舟から下りた。続いて、吉蔵と如月源太郎も陸に上がる。

下屋敷の船着場は固く門を閉ざされ、そこから忍び込むことは無理だった。水際からの塀も高かった。

吉蔵が先に立ち、下屋敷の横手にまわった。

下屋敷はふだん、あまりひとはいない。一度、忍び込んだことのある吉蔵は松の樹の枝が塀の内側に見える場所で立ちどまった。

「では」

懐から鉤縄《かぎなわ》を取り出し、二、三度頭の上でまわしてひょいと投げた。生きもののように飛んでいった縄が枝にからみついた。

その縄をぐいと引っ張ってから、壁に足をつけ、吉蔵は上っていった。

その間に藤十郎も尻端折りをし、黒い布で面《おもて》を隠した。吉蔵が塀の内側に消えてから、藤十郎が縄を伝ってよじ上った。

如月源太郎はその場に残った。屋敷内で、騒ぎが起こったときに駆けつけることになっている。

築山《つきやま》や池を配し、藩主の休息用の別荘としての性格が、やはり強いようだ。庭に下り立った藤十郎は吉蔵の案内で、池をめぐり、樹林を抜け、土蔵の近くにある物置小屋に向かった。

登勢をまだ生かしていたのは、書き付けが本物かどうか確かめさせるためだったのであろう。

あの書き付けの真偽を問われ、登勢はなんと答えたのか。

小屋の中に、仄かな明かりが灯っている。吉蔵が小屋の戸にかけてある錠前を釘で開けた。

藤十郎は小屋の中に入った。

奥の壁に女が寄り掛かっている。気配に気づいて顔を向けた。怯えたような目で見つめる。

「お登勢どのか」

藤十郎は黒い布をとって顔を晒《さら》した。

「私を覚えているか。質屋の『万屋』だ」

「あっ」

登勢は口を半開きにした。

相当衰弱が激しいようだ。はじめて会ったときに比べ、別人のようなやつれようだ。

「出よう」

藤十郎が言うと、登勢は首を横に振った。

「なぜだ?」

「殿の身が……」

「あの書き付けのこと、誰に伝えればよいのだ」

「どうして、それを？」

「詳しい事情はあとだ。殿さまの身を守るためにも、早くここを出て、しかるべき者たちに危険を知らせるのだ」

「なれど、足腰が立ちません。どうか、書き付けを上島小平太さまにお渡しください」

「上島小平太どのとは？」

「近習《きんじゅ》番組頭で、殿の身辺警護に当たられているお方」

「上屋敷にいるのだな」

「はい」

「そなたをこのような目に遭わせたのは誰だ？」

「殿の兄君にあたる政親さま付《づき》の者で、金子五太夫《かねこごだゆう》という者でございます。国表《くにおもて》より、私と山瀬伝十郎《やませでんじゅうろう》さまを追ってきました」

「山瀬どのは？」

「金子五太夫に殺されました」

「煙草入れを託した相手か」

「はい」

「詳しく話してくれ。だいじょうぶだ。仲間が外で見張っている」

吉蔵が外で見張っている。ひとが来たら、すぐわかる。

「はい」

登勢は縋るように話しはじめた。

やはり、おつゆが話したように、先の藩主政親が現藩主幸親を殺害し、藩主に返り咲こうとしている。政親に味方する次席家老が自分の屋敷で幸親暗殺の計画を話しているのを、女中が偶然に聞いてしまい、そのことを国家老に知らせた。その女中は、国家老が用心のために次席家老の元に送り込んでいた者だった。

「ご家老は山瀬さまと私を呼び、上島小平太さまに渡すようにと書き付けを寄越されたのです。というのも、上屋敷では、大方の家来は次席家老と腹を一にしているのです。自分たちの押す藩主を幕閣に送り込むことで、自分たちもよりよい思いが出来ると信じているのです。その中で、殿の味方として信頼出来るのは上島小平太さまだけです。そして、ご家老は私たちをただちに江戸に発たせたのです。でも、気づかれて、金子五太夫とその手の者が追ってきました。千住までやってきたときに追いつかれました。それで、書き付けを煙草入れに隠し、用心のために質に入れたのです。質屋さんの土蔵に収めておけば安心だと思いました。質札を山瀬さまに渡し、上島さまに届けてもらおうとしましたが、上屋敷には金子五太夫の手がまわっていて近づけません。そこで、山瀬さまは下屋敷に行き、そこから、上屋敷の上島さまに連絡をとろうとしたのです」

「だが、その前に山瀬どのは殺され、そなたも捕まってしまったのだな」

「はい」

「金子五太夫は私の店の土蔵から煙草入れを盗み出したが、その書き付けをそなたに見せて確かめたはずだが」

「はい。煙草入れを見せられたときは息を呑みましたが、書きつけの中身は違いました。あれは不思議でした」

「幸親さまご乱心の噂を流し、老中坂《さか》田《た》和泉守《いずみのかみ》さまの力を借りて藩主の座から引きずり下ろそうとしている陰謀がある。そう書いたものとすり替えておいたのだ。もっともらしく見せるのに苦労したが」

「あれで、安心したようです」

「で、殿さまがここに来るのはいつだ？」

「明後日に決まったようです」

「明後日か」

「はい。時間がございません。どうか、上島さまにお伝えを」

「わかった。確かに伝えよう」

「私はここに残ります。そして、殿のご無事を見届けたいと思います」

登勢は覚悟を見せて、言い切った。

「わかった。もうしばらく辛抱いたせ。あとのことは任せてもらおう」

「ありがとうございます」

登勢は深々と頭を下げた。

藤十郎は小屋を出た。吉蔵が錠前をかける。

再び、さっきの塀を乗り越え、外に出た。

如月源太郎がのんびりと月を眺めていた。


翌日の朝、藤十郎は入谷田圃の外れに広大な敷地を持つ『大和屋《やまとや》』の奥座敷に来ていた。『大和屋』は灯心を一手に扱っている大店である。

灯心は藺草《いぐさ》から作る。蠟燭《ろうそく》の芯になったり、油皿に入れて尖端に火を灯す。この灯心売りの独占によって、『大和屋』は莫大な利益を得ている。

その金を大名に貸し出している。さらに、『万屋』を通して、大身の旗本にも貸し出しているのだ。

『大和屋』の代々の当主を藤右衛門《とうえもん》という。

いま、藤十郎は藤右衛門と差し向かいに座っている。藤右衛門は六十を過ぎてまだ矍鑠《かくしゃく》としている。皺だらけの顔に鋭い眼光、長く白い顎鬚《あごひげ》が怪異な容貌である。その隣に控えているのが、『大和屋』の番頭格の綱次郎だった。綱次郎はときたま、藤右衛門の使いで、『万屋』にやってくる。

「藤十郎。頼みとはなんだ？」

藤右衛門が低いが、よく響く声できいた。

「はい。その前に、確かめておきたいのですが、北上藩粟野家には貸し金がございましようか」

「ある。一万両近い」

すべて記憶している。ここに金を借りに来た大名の台所事情はすべて頭に入っている。

「それを伺い、安心しました」

「聞こう」

「じつは、こういうことがございました」

と、藤十郎は北上藩粟野家の内紛と、藩主幸親の暗殺計画について話した。

「ひょんなことから関わったのですが、捨ててはおけぬと思われます。そこで、まず、書き付けを届ける相手、粟野家の近習番組頭の上島小平太なる者と会わなければなりませぬ。『大和屋』の力をお借りしとうございます」

「そなたのことだ。間違いはあるまい。構わぬ。好きに使え」

「はっ。ありがとうございます。それから、ご老中坂田和泉守さまにお会いし、お諫めを申し上げなければなりませぬ。出しゃばった真似をすると叱られるかもしれませぬが、そのこともお許し願えれば」

「和泉守め。賄賂をねだるとはとんでもないことだ。許してはおけぬ。ただし、あまりやり過ぎるな。他にも老中になりたくて、誰かが失脚するのを待っている者も多い。そんな騒ぎを起こさせたくない」

藤右衛門は少し考えてから、

「よし、和泉守には私が会おう」

と、厳しい顔で言った。

「えっ、よろしいのでございますか」

「老中には、わしじきじきに顔を出したほうが効き目はあろう」

「そうしていただけると助かります」

覚えず、藤十郎は平伏した。

「藤一郎《とういちろう》をこれへ」

藤右衛門は傍らに控えている綱次郎に言った。

「ただいま」

綱次郎が立ち上がり、部屋を出ていった。

やがて、長身の藤一郎がやってきた。四十歳である。藤右衛門の後継者だ。

部屋に入り、藤右衛門に挨拶したあと、藤十郎に目をやり、

「来ていたのか」

と、口許を和《なご》ませた。

「はい。『大和屋』の威光にお縋りに」

藤十郎は軽く頭を下げた。

「そのようなことを好まぬおぬしが、『大和屋』の威光を借りに来るとは、さしずめ相手は大名か、あるいは老中か」

「そのとおりにございます」

「藤一郎。藤十郎のよきように計らうのだ」

「はっ」

「藤十郎。話してやれ」

藤十郎は藤一郎に、事の次第を最初から話した。

聞き終えて、

「あいわかった。私の駕籠《かご》を使え」

と、藤一郎が言った。

「よろしいのですか」

「構わぬ」

藤十郎は藤一郎とともに、藤右衛門の前を下がった。

廊下を歩きながら、藤一郎が呼びかけた。

「藤十郎」

「はい」

「たまには、ゆっくり酒でも酌み交わしたい」

「はい。落ち着いたら、参ります。では、これで」

玄関に向かいかけたとき、藤十郎は後ろからそっと声をかけられた。

「藤十郎さま」

おつゆだった。島田髷に花柄の振袖。武家の娘の恰好である。

「おつゆどの。お出かけか」

「はい。あの、近々、お時間いただきとうございます」

「いつでもよい」

「では、明日」

「わかった。明日の夜、山之宿町の『川藤』で」

「はい」

おつゆは一瞬うれしそうに目を輝かせた。

「では」

藤十郎は『大和屋』をあとにした。

藤十郎は藤一郎が用意した駕籠に乗った。駕籠の棒の先に下がっている提灯には「大和屋」の文字。供の者がふたりついた。

駕籠は入谷から神田橋御門外にある粟野出羽守《でわのかみ》幸親の上屋敷に向かった。

上野山下から下谷広小路を突っ切り、昌平橋を渡って、駕籠は粟野家上屋敷の門前に止まった。

門番があわてて出てきた。供の者が門番に、

「大和屋藤右衛門の火急の使者でございます。至急、ご家老さまにお目通りを」

と、申し入れた。

藤右衛門なら駕籠のまま門を入り、玄関に横付けするかもしれないが、藤十郎は駕籠から下り、歩いて潜り門をくぐった。別の門番が奥に向かって走っていく。

『大和屋』の威光が行き届いている。改めて、藤十郎は『大和屋』の力を思い知らされた気がした。

やがて、使いの門番が戻ってきた。

「どうぞ、こちらへ」

藤十郎は勤番侍の暮らす長屋の前を行き過ぎると、大きな門構えの建物の前にやって

きた。

江戸家老須崎文左衛門《すざきぶんざえもん》の屋敷である。

藤十郎は出てきた用人に客間に案内された。

「しばらくお待ちいただきとうございます」

「承知しました」

藤十郎は『大和屋』の威厳をもって鷹揚に応じる。

女中が茶菓を置いて去ってから、それほど間を置かず、粟野家江戸家老須崎文左衛門が現れた。四十半ばぐらいか。大柄な男だ。

藤十郎は平伏して文左衛門を迎えた。

「藤右衛門どのの使いとのことだそうだが」

借金の返済を迫りに来たと思ったのか、文左衛門が心配げにきいた。

「はい。重大な用向きに参上仕りました。その前に、藩主出羽守さまにはお変わりなくあられましょうか」

文左衛門が前藩主政親の返り咲きを画策している一派であるかどうかわからないので、迂闊に用件を切り出せない。

「いたって、元気である」

文左衛門は不審の顔を向ける。

「お訊ねいたします。ご家中に、上島小平太どのと申されるお方がおいででしょうか」

「上島小平太？　なぜ、上島を？」

「申し訳ございませんが、ここに呼んでいただくわけには参りませんでしょうか」

「なにゆえに」

「それは、上島どのが参られてからのことで」

「しかし」

「重大な用向きゆえ、上島どのに直に」

「しかし、上島は殿のおそばから離れるわけには参らぬ」

「それを承知の上で。それでも、ご無理というのであれば、私のほうから参上仕りたく存じます」

「しかし」

「また、しかしでございますか。ご家老さま。重大な用向きとは、お金のことでございます。場合によっては、『大和屋』は粟野家にお貸ししてあるお金を、一切引き上げることになりましょう」

「なんと」

　文左衛門は目を剝いた。

「さらに、今後のお付き合いを断つことも考えております。つまり、今後一切の貸し出しをいたさないということ」

「無礼であろう。我が栗野家は譜代の大名であるぞ。その大名に向かって何たる言い草。『大和屋』といえども許さん」

文左衛門が気色ばんだ。

「ご家老さま。お言葉ではございますが、我が『大和屋』とて神君家康公よりお墨付きをいただいた由緒ある家柄でございます。神君家康公は……」

「よい」

文左衛門は激しい声で制した。

「はっ」

藤十郎は軽く頭を下げた。

文左衛門は大きく手を叩いた。

襖の向こうに男の声がした。さっきの用人だ。

「上島小平太をここへ」

文左衛門は命じた。

「上島さまをここにですか」

極めて異例のことなのか、用人がきき返した。

「そうだ。至急だ」

「はい」

用人が下がる足音が聞こえた。

「いったい、何を？」

文左衛門は固い表情できく。

「粟野家のご家中のことに口出しするつもりはありません。ただ、『大和屋』としては、お貸ししたお金が正当に使われているかどうかを見極める必要が生じたのです」

「どういうことだ？」

「いま、粟野家で、前藩主の返り咲きを画策する計画が進んでいるとか」

「なにをばかな」

「三年前まで御当主であられた政親さまを、再び担ぎだそうという目論見《もくろみ》があるという噂を耳にいたしました」

文左衛門は口を半開きにしたまま、藤十郎を睨み付けている。

「私どもはどちらにも肩入れするつもりはございません。しかし、目的を果たすために、ひとを殺《あや》めるというやり口を見過ごしには出来ません。また、栄達を望んでの賄賂に使われるお金をお貸しすることも出来ませぬ。このことだけははっきりお伝えいたします」

「言いがかりだ」

「お心当たりがないのなら、なにもあわてることはございますまい。それから、申し忘れましたが、いまじぶん、大和屋藤右衛門がご老中坂田和泉守さまにお会いしている頃かと思われます。幕府の官職を餌に賄賂をとることがなきよう、お話し申し上げる所存でございます」

「おのれ……」

文左衛門は声を震わせた。

藤十郎は動じることなく端然と座っていた。

襖の外に足音が止まった。

「上島小平太さまをつれて参りました」

用人の声がした。

「入れ」

襖が開いて、若い武士が入ってきた。

「上島小平太、お招きにより参上いたしました」

小平太は二十七、八歳か。

「私がお呼び申し上げました。上島小平太どのにお渡しいたしたきものがございます」

藤十郎が言うと、小平太は怪訝な顔を向けた。

「私に、でございますか」

「さようです。これを確かにお渡しいたします」

藤十郎は懐から出した書き付けを渡した。

怪訝な顔のまま受け取り、小平太は書き付けを開いた。その文面を読んで、小平太の顔つきが変わった。

「これは」

小平太は腰を浮かせて叫んだ。

「お登勢どのから預かったもの」

「お登勢？　なれど、お登勢は国元に……。まさか、江戸に？」

「国家老さまの命を受け、山瀬伝十郎どのと共にその書き付けを持って江戸に来ました。ですが、山瀬どのは金子五太夫の手にかかり命を落とし、お登勢どのは下屋敷の物置小屋に閉じ込められております」

「なんと」

小平太の顔が紅潮した。

「その書き付けにあるように、下屋敷に罠が待ち構えております。どうぞ、殿さまに下屋敷へ行かれるのをおやめいただきますよう。それから、ただちに下屋敷に向かわれ、お登勢どのをお助けくださいますように」

「わかりました。急ぎますゆえ、これにて失礼します」

小平太は部屋を飛び出していった。

文左衛門は小平太を追おうとして腰を浮かせた。

藤十郎が、「ご家老さま。お見苦しい。おやめくださいませ」と言うと、拳を握り締め、静かになった。

「金子五太夫なるものをご存じでしょうか」

藤十郎はきいた。

答える代わりに、文左衛門は藤十郎を睨み付けている。

「ご老中坂田和泉守さまを、もう当てには出来ませんでしょう。後ろ盾を失っては、藩主を交代させることは不可能であると思っていただきたい」

「なぜだ。なぜ、そなたは我が藩のことに首を突っ込んできたのだ？　そなたさえ、いなければ事は成就したのに……無念だ」

「ご家老さま。あと始末をどうつけなさいますか。つけ方が悪ければ、後日の災いの種となりましょう。そのことを肝にお銘じくださいますように」

藤十郎は立ち上がった。

背後で、文左衛門ががっくり肩を落としたのがわかった。

四

昨夜から降りはじめた雨は朝になっても止まなかった。

唐傘を差し、文吉は雨垂れ長屋に向かった。こんな雨の日は、亀三も鋳掛けの商売に出ていけない。

腰高障子を開けると、案の定、亀三と太助がいた。

「おう、文吉さんか。さあ、上がってくれ」

傘を入口の脇に置き、文吉は土間に入った。

「寒いだろう。ここに来て暖まってくれ」

「いや。足が汚れている。ここでいい」

「なあに、汚ねえところだ。そのままでいい。足を濯《すす》ぐことなんかねえから、上がってくんな」

「そうはいかねえ。水たまりに足を突っ込んでしまったんだ」

「じゃあ、太助、持ってきてやれ」

「あいよ」

太助が濯ぎの水を持ってきてくれた。

「すまねえ」

足袋を脱ぎ、盥《たらい》に足を突っ込むと温かかった。

「太助。ありがとうよ」

足を洗い、脱いだ足袋も湯につけて絞ってから部屋に上がった。

「足袋は俺のを使ってくれ」

「なあに、どうせまた濡れてしまうんだ。こいつを乾かせばいい」

と、文吉は足袋を上がり框に置いた。

「太助。足袋をここに持ってこい」

亀三は濡れた足袋を火鉢の縁にかけた。

「すまねえな」

「なに言いやがる。つまんねえ遠慮なんかするな。で、きょうはなんでえ。かみさんと新しく住む家は見つかったのか」

「親方が探してくれた。鳥越《とりごえ》のほうだ。仕事場から少し遠くなるが、なあにたいしたことはねえ」

「そうか。そいつはよかった」

亀三は自分のことのように喜んでくれた。

「これもみな亀三さん。おまえさんのおかげだ」

「俺はなんにもしちゃいねえよ」

「おまえさんは深川まで行ってくれたそうじゃないか。それに、長太を俺のところまで連れてきたのもおまえさんだろう。長太の野郎、『こっちのほうまで来るひとがいたので、そのひとに連れてきてもらった』と言っていたが、亀三さんだったんだな」

「まあ、そんなこと、どうでもいいじゃねえか」

「よかねえ。おけいと長太といっしょに暮らせるようになったのも、おまえさんのおかげだ」

「いや。新太郎さんとおさよさんがおかみさんに会いに行ってくれたからだ。だが、それも、おめえが二人を助けてやったからだ。自分の行いが、自分に報いてくれたってことだ。俺は何も大したことはしちゃいねえ」

「ほんとうに恩に着るぜ。こんな恩を受けながら、何もしてやることが出来ねえのがつれえ」

「やい。ほんとうに怒るぜ。俺はおめえに礼を言われたくってやったわけじゃねえ。恩がどうのこうのなんて考える前に、おかみさんと子どもを今度こそちゃんと守ってやるようにしろ」

「ああ。わかった。すまなかった」

「わかればいいんだ。こんなときにはぐっと一杯やりてえところだが、酒は禁じられているからな」

　亀三が苦笑する。

「亀三さん。これ、もう必要なくなったんだ。返すぜ」

文吉は懐から五両を取り出した。

「なんでえ、これは？」

「おまえさんから借りた金だ。もう、必要なくなったんだ」

亀三の顔色が変わった。

「やい。必要ないとはどういうことだ？　これから、親子三人で暮らしていくのに、必要ない金なんかあるものか」

「いや。これからは、おけいと長太は俺の稼ぎで面倒を……」

「待ちやがれ。おめえ、この三年間、おかみさんや子どもに苦労かけ通しだったはずだ。かみさんに着物の一枚でも買ってやったらどうだ。たまには親子水入らずで、うまいものでも食べにつれていってやったらどうだ。そんとき、この金が必要だ」

「だが、この金は亀三さんが大事なものを質入れして……」

「べらぼうめ。そんなことはどうでもいいんだ。おめえがせっかく汗水流して貯めた金を見ず知らずのものにやっちまったんだ。それなのに、俺は何もしてやれなかった。そのことが無性に恥ずかしかったんだ。その金は、俺の見栄だ。だから、気にしねえでくれ」

この金を太助のために使ってやれと言っても、頑固な亀三が素直に聞き入れるはずはない。

「わかった。引っ込めさせてもらうぜ」

「ああ。そうしてくれ」

やっと、亀三は表情をやわらげた。

「ところで、新太郎さんはどうなったんだえ」

ふと、隣が静かなことに気づいて、文吉がきいた。

「きのう、本郷に呼ばれ、三人で出かけていったが、ゆうべは帰ってこなかった。どういう話し合いになったのか気になっているんだが」

亀三は我がことのように心配した。

「先日、母親に会ったそうだが？」

「うむ。母親は新太郎さんたちのことに理解を示しているんだが」

「あの父親か。冷酷非道な鬼」

文吉は顔を歪める。

「いや。そんな鬼でもねえ」

亀三の声が小さくなった。

「おや、どうしたんだ？　あの父親と何かあったのか」

文吉は亀三の顔を覗き込む。

「そうじゃねえが」

「そんなはずはねえ。鬼だと言っていたじゃねえか。どうして、気持ちが変わったんだ。そうか、おまえさんは新太郎さんとおさよさんのために何度も押しかけたのか。そこまで他人のために……」

そこまで世話を焼いていたのかと、文吉は半ば感心し、半ば呆れ返った。

「そうか。おまえさんの説得に、あの父親が折れたのか。そうか、おまえさんはあの父親の心さえ動かしたのか」

「違うんだ。俺じゃねえ」

「何が違うんだ？　おまえさんはふたりのために掛け合いに行ったんだろう。だんだん、父親の頑なな態度に変化の兆しが見えた。それで、鬼じゃねえと言い出したんだろう？」

「違う。別のことだよ」

「別のこと？」

ふうと吐息をもらした。そして、まるで言葉を口から飛び出させるかのように、亀三は後頭部をぽんぽんと二度叩いてから、切り出した。

「俺があの鬼のような父親のところに、もう一度説得しようとして行ったら、あの父親がおめえのことを話し出したんだ」

「俺のこと？」

「ああ、一番最初に行ったとき、おめえが二十両を出してやったからふたりは死なずに済んだのだと、俺は啖呵《たんか》を切ったんだ。そのことを覚えていたらしい。なんでも簪を注文したら、おめえに断られたそうだな。そんとき、新太郎さんとおさよさんを許してやれと言ったそうじゃねえか」

「ああ、そんなことがあった」

「それから、あの父親はおめえの親方に、おめえのことを聞いたそうだ。あの二十両は別れたかみさんと縒りを戻すための金だったと知り、えらく感心していた。それで、あの父親は俺にこう言ったんだ。なんとかしてやったらどうかって」

「そうか。そうだったのか。俺はどうしておまえさんが、おけいと長太のことを知っていたのか不思議に思っていたんだ。そういうことだったのか」

　親方は何も話してくれなかった。

「そうだ。あの父親に言われて、俺は浄心寺裏の長屋におかみさんを探しに行ったってわけだ」

　亀三は一呼吸間を置いてから、

「だから、鬼じゃねえって言ったんだ。たぶん、ふたりのことも許してくれると思う。いや、許してくれるはずだ」

「そうだったのか」

ふと部屋の中が明るくなったような気がした。

「おや、雨が上がったようだな」

亀三が小窓から射し込んだ陽光を見て言った。

太助が外に出て、すぐに戻ってきた。

「おとう。新太郎さんが帰ってきたよ」

「何、新太郎さんが」

亀三がすっくと立ち上がる。

新太郎はまっすぐ亀三のところにやってきた。

「新太郎さん。おひとりですかえ」

亀三がきく。

「はい。おさよと子どもは本郷に。あっ、あなたは？」

新太郎が文吉に気づいて表情を輝かせた。

「おう、ちゃんと顔を合わせるのは、はじめてだったな。このひとが文吉さんだ」

亀三が引き合わせた。

「お会いしとうございました。足が治ったら一番にお礼に行かなければならなかったのにすみません。あなたさまには何と御礼の言葉を……」

「よしてくださいな」

文吉は相手の声を制し、

「それより、どうなりましたえ」

と、気になっていたことをきいた。

「はい。亀三さんもお聞きください。おとっつあんが許してくれました。おさよと子どもの三人で、実家に戻ることになりました」

「そいつはよかった」

「このことを早くお知らせしたくて、とるものもとりあえず、やってきてしまいました。これから、また引き返さないといけません」

新太郎はあわただしく言ったあとで、太助に目をやった。

「太助。どうだ、うちに来るか。うちで商いを覚えてみるか」

「ううん」

太助は気のない返事をした。

「亀三さん。また、あとでゆっくりお話ししますが、太助を『松島屋』に奉公に出していただけませんか。これはおとっつあんからの申し出なのです。必ず、一人前の商人にしてみせると、おとっつあんも言ってました」

「ほんとうですかえ」

亀三は上擦った声を上げた。

「太助、ありがてえ話じゃねえか。おや、どうした、太助？」

太助が俯いている。

「俺、おとうのあとを継いで、鋳掛け屋になる」

太助が顔を上げて言った。

「鋳掛け屋だと？」

亀三は鼻をくすんとさせてから、

「太助。だめだ。鋳掛け屋なんぞ、いくら頑張ったって、てえしたことはねえ。俺を見ればわかる。おめえの気持ちはうれしいが、鋳掛け屋なんかになるより、松島屋さんの世話になったほうがいい。一人前の商人になるんだ」

「おとう。だって、俺が奉公に上がったら、おとうはひとりぽっちになっちまうじゃないか」

「なにを言いやがる。そのほうが、どんなにせいせいするか」

亀三は強がりを言ってみせる。

「太助。松島屋さんの世話になるんだ。わかったか」

「いいのか、おとう」

「いいも悪いもねえ。そのほうが俺も安心だ」

「わかった」

太助が弾んだ声を上げた。

「おとう。俺、『松島屋』で頑張るから」

太助が元気よく言った。

「よし。立派な商人になるんだ」

亀三のうれしそうな顔を見て、文吉も胸の中に温かいものが広がった。

五

夕方、藤十郎は、山之宿町の『川藤』の二階座敷にいた。

主人の吉蔵が酒を運んできた。

「吉蔵。先日はごくろうだった」

藤十郎は声をかけた。

「いえ。でも、企みを未然に防ぐことが出来て、ようございました」

吉蔵が酒を置いて言った。

「うむ。しかし、後始末がたいへんだろう。現藩主を引きずり下ろそうとした江戸家老の須崎文左衛門や国元の次席家老。なにより、前藩主の政親をどうするか。頭の痛いところであろう」

きょうの昼間、登勢と上島小平太が『万屋』にやってきた。藩主からくれぐれも礼をということであった。

また、藤右衛門が老中坂田和泉守に会い、諄々《じゅんじゅん》と諭したという。

「どうぞ」

傍らのおつゆが藤十郎に酒を注ぐ。

「このたびも、『大和屋』の力の大きさを知った。いや、金の力というべきか……」

藤十郎は複雑な思いで言う。

「いまさらながらに、『大和屋』のような存在を作っておいた、神君家康公の先を見通すご慧眼《けいがん》には感心させられる」

「はい。当時のお方は、まさかこのような商人の天下になり、金がなければ何も出来ない世の中になっていようとは想像さえしなかったでありましょう」

「しかし、神君家康公とて、まさかのための備えであり、ほんとうにいまのような町人中心の世の中になることを望んでいたわけではあるまい」

「どうぞ、ごゆるりと」

吉蔵は部屋を出ていった。

「藤十郎さま。お近くに寄ってもよろしいでしょうか」

おつゆが恥ずかしそうに言う。

「来なさい」

「はい」

おつゆは藤十郎のそばににじり寄った。

「すまぬと思っている」

藤十郎はおつゆの肩を抱いて引き寄せた。おつゆの温もりが胸や膝に伝わってくる。

「この世の泰平を保つには『大和屋』の力が必要なのだ。私は万屋藤十郎として生きていこうと心に決めている」

「おつゆはこのままでも仕合わせでございます」

藤十郎は『大和屋』の大和家に生まれたことをうらめしく思わぬではない。代々引き継がれる大和家の任務を果たさねばならないのだ。

大和家はれっきとした武士でありながら、その役目ゆえ町人として生きていかねばならぬ。しかし、武士の矜持《きょうじ》を失ってはならないのだ。

藤十郎は大和家の三男であり、家を継ぐのは長兄の藤一郎であるが、大和家の一員として好き勝手は許されなかった。おつゆを女房にし、単なる質屋の主人として生きていけたら他に何も望まない。だが、それは出来ない。

また、おつゆも大和家の譜代の番頭の家柄の娘として、大和家の役目をこなす定めを背負っていた。

「おつゆ。向こうへ」

藤十郎はおつゆの耳元に囁いた。おつゆの首筋から顔にかけて火照ったように朱に染まっていた。

一刻（二時間）後、藤十郎とおつゆは『川藤』を出た。

『大和屋』の駕籠でおつゆを帰し、藤十郎はひとり、夜道を田原町に向かって歩きだした。凍りつくような月影が大川の川面を照らしている。

人気のない寂しい場所に差しかかった。殺気を感じたが、藤十郎はそのまま歩みを止めなかった。

柳の木の陰から黒い影が現れた。背後からも迫ってきた。

全部で五人。藤十郎の正面に立ったのは宗十郎頭巾の武士だった。

「金子五太夫どのか」

藤十郎は落ち着いた口調で問いかけた。

「万屋藤十郎。そなたのおかげですべてが水の泡だ。我らは、おめおめ国に帰れぬ身となった」

金子五太夫が抜刀すると、他の四人も刀を抜いた。

藤十郎は身構えながら川を背に立った。

横合いから長身の侍が上段から斬りつけてきた。藤十郎は身を翻して相手の剣を避け、続けざまの逆袈裟掛けを後ずさって逃れた。

「きさま」

かっとなった長身の男が再び上段から斬りかかった。藤十郎は素早く相手の胸元に飛び込んで剣を持つ相手の手首を摑み、ひねる。相手は横に一回転して倒れた。

「おのれ」

今度はふたりが左右から同時に迫った。

そのとき、吾妻橋のほうから着流しの裾を翻して駆けてくる黒い影があった。

「待てぃ」

用心棒の如月源太郎だった。

「遅くなり申した」

賊の間を割って、藤十郎の前にやってきた。そして、改めて賊に向かい、

「俺が相手だ。命のいらぬ奴はかかってこい」

と怒鳴り、素早く尻端折りをして、剣を抜いた。

「久しぶりに暴れられる。ありがたいわい」

源太郎がためしに片手で剣を振り下ろすと、風を切る凄《すさ》まじい音がした。その音は賊を怯《ひる》ませるには十分だった。

「源太郎どの。殺すな」

藤十郎は注意した。

「よし。片腕を斬り落とすだけで勘弁してやろう」

そう言い、源太郎は剣をもう一度、片手で振り下ろした。

「私が宗十郎頭巾の男を相手する。源太郎どのには他の四人を退治してもらいたい」

「心得た」

源太郎は大声で応じた。

藤十郎は無腰で、宗十郎頭巾の金子五太夫に立ち向かった。

「そなたはおせんとその間夫を殺した下手人だ。捕らえて役人に突き出す」

藤十郎は羽織を脱いだ。

「貴様こそ、死んでもらう」

金子五太夫が正眼に構え、無腰の藤十郎に剣を突き出し、間合いを詰めてきた。藤十郎はじっと立っている。

間合いが詰まる寸前に、五太夫は地を蹴って突進し、上段から藤十郎の眉間を目掛けて斬り下ろした。と、同時に藤十郎は羽織を投げた。

五太夫の剣が羽織を真っ二つに裂いた。だが、剣の先に藤十郎はいなかった。五太夫の脇をすり抜け、脾腹《ひばら》に当て身を入れていた。

藤十郎の武芸の力の前では五太夫は敵ではなかった。五太夫は気を失って倒れた。ちょうど、源太郎が残ったひとりを峰打ちで叩きのめしたところだった。

提灯に拍子木を持った男が近づいてきた。

「木戸番か」

「へい」

「この侍たちは、今戸で男女ふたりを殺した下手人だ。八丁堀に行き、北町奉行所定町廻り同心の近田征四郎どのに知らせてもらいたい」

「へい」

木戸番屋の番太郎は走り去っていった。

翌日の昼前、『万屋』に北町奉行所定町廻り同心の近田征四郎がやってきた。ひょろっと背の高い馬面の男だ。岡っ引きの吾平もいっしょだった。

藤十郎は応対のために奥から出る。

「藤十郎。昨夜の賊だが、男女ふたりを殺したのは自分ひとりだと言い、首謀者の武士は腹を切った。他の四人は殺しに関係ないとして解き放ちにした」

近田征四郎は一方的に言った。

「もろもろ調べるとなると、おまえのところの敏八にも累が及ぶかもしれぬ。したがって、あの事件は下手人死亡ということで幕を引く。よいな」

「わかりました」

藤十郎はこうなることを予想していた。本格的に調べれば、吾平も困るだろう。それに、粟野家の名が出るのも防がなければならない。近田征四郎は事件を金子五太夫ひとりのせいにして幕引きを図ったのだ。

藤十郎はそれに対して異を唱えることはしなかった。

近田征四郎と吾平に入れ代わるようにして、文吉がやってきた。

「先日、亀三という男が質入れした品物のことをお訊ねに上がりましたが、じつは、その品物をあっしが請け出すわけには参りませんでしょうか」

「残念ながら、質札がなければ、お金を出されてもお渡しするわけにはいきません」

藤十郎は穏やかに応じる。

「五両を返すから亀三に品物を請け出せというんですが、奴は強情でして、金を受け取ろうとしねえんです。だから、あっしが請け出し、品物を返せば受け取るんじゃないかと思ったものですから」

藤十郎は文吉と亀三、ふたりの仲を見定めて、ほんとうのことを告げたほうがいいと判断した。

「ここだけの話にしておいていただけますか」

「そりゃ、絶対に喋るなと言われれば金輪際喋りません」

「信用いたしましょう」

藤十郎は頷いてから口にした。

「じつは質草は、品物ではありません」

「えっ？」

「亀三さんは、自分の命を質入れしたのです」

「命？」

文吉は呆気にとられた。

藤十郎は亀三の気持ちを説明し、

「酒、博打を断ち、仕事に励むことが質草の条件です。そこまでの覚悟で作った五両です。その心意気を汲んで、あなたがお使いになるのが一番でしょう」

「でも、五両の金が作れなかったら……」

「そのときは、そのときのことです。悪いようにしませんから、心配なさらぬように。亀三さんにとっても、真剣に仕事に取り組むいい機会になったはずなのですから」

「確かに、酒、博打を断ってまじめに仕事に出かけています。わかりました。これで、吹っ切れました。この五両、使わせていただきます」

「それがいいでしょう」

ありがとうございました、と何度も頭を下げて、文吉は引き上げていった。

文吉は『万屋』から、『彫福』の仕事場に戻ってきた。昼の休みを使って、『万屋』に出かけたのだ。

亀三って男は、と文吉は胸が熱くなっていた。やっと貯めた二十両を与えたことに対して、自分の命を差し出したのだ。

(亀三さん。この五両はおけいと長太との新しい出発のために、ありがたく使わせてもらうぜ)

心の内で呟きながら文吉は、『紅屋』から注文の簪の細工にかかった。図柄は熟考の末に、鴛鴦《おしどり》の夫婦簪にした。

魂を込めての作業が一段落したのは暮六つの鐘が鳴り終えて、なお四半刻(三十分)ほど経ってからだった。

首をまわし、肩を叩いてから、文吉は道具を片づけた。

「文吉さん。親方がお呼びだよ。居間にね」

内儀さんが呼びに来た。

「へい。ただいま」

文吉は立ち上がり、膝の埃《ほこり》を払ってから裾前を直し、居間に行った。

「親方、お呼びで」

「おう、入れ」

文吉は障子を開けて中に入る。

親方はすでに常着に着替え、長火鉢の前で煙草を吸っていた。

「もっとこっちへ来い」

「へい」

文吉は膝を進めた。

煙管を煙草盆の灰吹に叩いて灰を落としてから、

「話というのは、ふたつあるんだ。こいつは前まえから考えていたところだ。まず、おまえの倅の長太のことだ。いろいろ、当たってみた。おめえの息子だっていうと、ぜひ弟子に欲しいって親方がたくさんいる」

「ほんとうですかえ。ありがてえ」

「じつは、俺もその口だ。どうだえ、長太を俺に預からせちゃくれねえか」

「そりゃ、親方なら願ったり叶ったりですが、そうもいきません。親子がいっしょにいたんじゃ、やりにくいし、いいことありません」

「そうだ。一人前にするには他人の飯を食わせることだ。どうだ、文吉。この際、独り立ちしてみねえか」

「えっ、独り立ち？」

文吉は意外な話に耳を疑った。

「そうだ。おめえなら、もう十分に親方としてやっていける。俺のところはおめえに抜けられるのは痛《いて》えが、おめえのおかげで若い者も腕をあげてきた。それに、うちで働きたいっていう職人も増えてきた。『紅屋』さんとも取引が出来て、仕事も増えた。困ったときには、おまえに手助けしてもらうこともあろう。そんときは頼まれてくれ」

「親方。でも、独り立ちするにも資金がありません」

「金を出してくれるひとがいる」

「えっ？」

「『松島屋』の旦那だ」

新太郎の父親が、恩返しのつもりなのか。

「親方。せっかくですが、この話、お断りいたします。あっしは、なにも御礼をしてもらいたいから、あの二十両を差し出したわけじゃありません」

もったいない話だが、文吉はこればかりは受け入れるわけにはいかなかった。

「おそらく、そう言うだろうって、『松島屋』の旦那も仰っていた。おめえが、そう言うだろうから、こう答えてくれと、旦那は言った」

親方は息継ぎをしてから、

「私も商売人。どぶに捨てるような金は出さない。息子が受けた恩は恩。それとこれとは別だ。私は飾り職人文吉の腕に惚れたのだ、と」

と、真顔で言った。

「なあ、文吉。松島屋さんは商人としても一廉《ひとかど》のお方だ。その松島屋さんが目をかけてくれたんだ。こいつはありがたくお受けしねえと、ばちが当たるぜ」

「………」

文吉はすぐには言葉が返せなかった。

「なんでえ、まだ不服か。じゃあ、言ってやろう。『紅屋』からの注文の簪な。あれは松島屋さんの依頼だ」

「へえ、そうだと思ってました」

「新太郎さんの嫁さんに贈るものだとさ」

「新太郎さんの嫁？　ひょっとしておさよさんに？」

「そうだ。息子の嫁のために、おめえに一世一代の簪を作ってもらいたいと言っていらしたぜ」

「親方。もったいねえ。あっしのようなもののために……」

文吉は畳に手をついて嗚咽をもらした。

「そうじゃねえ。おめえの腕と心意気に松島屋さんは惚れてくだすったんだ。じゃあ、お受けするんだな」

「へえ。よろしくお願いします」

「それから、言い忘れたが、鳥越の新しい家な、あれも『松島屋』の旦那が探してくださったんだ。仕事場として使えるような家をとな」

「………」

「どうしてえ、またそれが気に食わねえなんて言い出すんじゃねえだろうな」

「違います。夢を見ているんじゃねえかと」

「夢じゃねえ。よし、これで決まりだ」

「文吉さん。よかったね」

内儀さんが声をかけた。

「へえ、あっしはなんて果報者なんだと思います」

文吉はこの喜びを、おけいより先に伝えたい者がいた。

文吉は雨垂れ長屋の路地を入り、亀三の家に駆け込んだ。ちょうど、亀三と太助が夕餉をとっているところだった。

「すまねえ、まだ飯の最中だったか」

「もうおしめえだ。どうした、そんなに急いで」

亀三が訝しげにきいた。

「真っ先におまえさんに知らせたくてやってきた。いま、親方から独り立ちするように言われたんだ」

「独り立ち？　親方になるってことか」

「そうだ。『松島屋』の旦那が後押ししてくれるんだ」

文吉は事情を話した。

「そうか。そいつはよかったな。おめえ、いよいよ親方か。文吉親方」

「よせよ。照れるぜ」

「あの『松島屋』の旦那は話のわかるお方だ」

亀三がしみじみ言う。

「鬼だと騒いでいたのは誰だっけな」

「あんときは仕方ねえ。何もわからなかったんだからな。じつは、あとから聞いたんだが、新太郎さんには許嫁《いいなずけ》がいたらしい。松島屋さんの主筋にあたる家の娘さんだったそうだ」

「なんだって」

「だが、新太郎さんはおさよさんと駆け落ちしてしまった。家と家との問題や傷つけた許嫁の手前もあって、ふたりを許すわけにはいかなかった。だが、その娘も嫁入り先が決まったそうだ」

「そうだったのかえ」

「じつは、その娘に祝いとして贈ろうと『紅屋』を通して、おめえに簪を依頼したが、断られたと言っていた」

「あっ」

あの注文はそのためだったのか。

「知らなかった」

「祝いは別のものを考えているようだ。だから、気にしないでだいじょうぶだ。その代わり、おさよさんへ贈る簪はいいものにしてやるんだな」

「わかっている」

きっと、逸品と呼ばれるようなものを作ってみせる。それが、『松島屋』の旦那への恩返しだ、と文吉は思った。

「まあ、丸くおさまってなによりだ」

亀三が相好を崩した。

「太助が奉公に上がると、おまえさんも寂しくなるな」

思い出して、文吉はきいた。

「なあに、寂しくなったらおめえのところに押しかける」

「ああ、ぜひ、来てくれ。きっとだぜ」

「そう言ってくれて、うれしいぜ」

「そうだ。仕事場に改造したり、道具を買ったりして金がいる。あの五両、遠慮なく、使わせてもらうぜ」

「やっとその気になったか。ああ、役に立つのはうれしいぜ。そういえば、明日は二の酉だな」

「そうだ。やっと、親子で二の酉に行ける。もし、よければいっしょに行かねえか。どうだ、太助」

文吉は太助の顔を見た。

「久しぶりなんだから、親子水入らずで楽しんできなよ。俺はおとうとふたりで行くから」

「太助の言うとおりだ。俺たちに気兼ねするな。親子三人で行ってこい」

亀三の声に、文吉は大きく頷いた。

二の酉に、文吉はおけいと長太の三人で出かけた。

鷲神社の境内はひとで埋まっている。

「長太。だいじょうぶか」

「ああ、だいじょうぶだ」

「はぐれるんじゃないぞ。おっかさんから離れるな」

ようやく、拝殿の前まで来て、親子三人の新しい門出の無事を祈り、小さな熊手を買って雑踏から逃れ、浅草田圃の一本道から浅草寺の裏手に向かった。

「なんだか、夢を見ているみたい。また、三人でこうやって御酉様に来られるなんて」

「おけい。長い間、苦労かけてすまなかったな」

「何を言うんだえ、おまえさん」

おけいは涙ぐんでいた。

「きっと、いい親方になってみせるぜ」

文吉は星空を眺めて誓った。

少し遅れて、亀三と太助も鷲神社の拝殿にお参りした。

境内を出てから、亀三がきいた。

「太助。なんてお願いしたんだ？」

「早く一人前の商人になれるようにと。それから、おとうに……」

「なんだ、俺になんだ？」

亀三は気になってきいた。

「早く、いいおかみさんが来てくれますようにって」

「ばかいえ。俺は……」

亀三は胸の底から突き上げてくるものがあった。

「おめえ、おっかさんのことが恋しくないのか」

「もうなんとも思っちゃいないよ。あんな薄情なおっかさんのことなんか忘れた。だから、おとうも好きなひとを見つけたらいっしょになっておくれな。そうじゃないと、俺、奉公していても心配でならねえから」

「なに、生意気言いやがって」

そう言いながら、亀三はこっそり目尻を拭った。


藤十郎は入谷田圃の外れにある『大和屋』の屋敷に来ていた。

老中からの使いがあり、粟野家の騒動の決着を知らされたのだ。それを、藤十郎は藤右衛門から聞かされた。

まず、国表の前藩主政親は出家隠居となり、次席家老も家老職を辞して隠居、それに連なった者たちも降格処分が下された。江戸家老の須崎文左衛門も隠居させられたということだった。

血を見る制裁がなかったのは、藤右衛門の意向があったからだ。素早い処分は粟野家のためによかったと藤右衛門は言った。

藤右衛門に挨拶して玄関を出ると、おつゆが近づいてきた。

「行くか」

「はい」

ふたりは鷲神社に向かった。

「酉の市が終われば、本格的な冬だ。だが、春はすぐそこにある」

藤十郎は囁くように言った。

自分は神君家康公の遺訓に従い、『大和屋』の一員として、泰平の世を守るために一命を賭《と》す覚悟である。そのために、私ごとの仕合わせは望まぬ。そう心に決めていた。

「私はいつまでも、藤十郎さまをお待ちしております」

おつゆの声は雑踏の喧騒の中に消えていった。

解　説

末國善己

家内制手工業の職人や、その日に仕入れた品物をその日に売り切る棒手振《ぼてふり》のような小規模な自営業者が多かった江戸には、客に質入れするための布団や衣類を貸し、その使用料で利鞘《りざや》を稼ぐ損料貸、盲人の保護のため幕府が認めた座頭金など、短期の小額資金を融資する多種多様な金融機関が存在した。

そのなかでも、庶民に最も身近だったのは質屋である。

質屋の歴史は古く、鎌倉時代には存在したといわれているが、品物を担保に金を貸し、客が期日までに利息を含めて返済すれば品物を戻し、期限に間に合わなかったら品物を没収する現在のシステムが確立したのは、江戸中期のようだ。

質屋には、盗品や御禁制品が持ち込まれる可能性もあるため、元禄五（一六九二）年には、総登録制による統制が実施されている。さらに享保八（一七二三）年になると、古物の売買を行う質屋、古着屋、古着買い、古道具屋、小道具屋、唐物商、古鉄屋、古鉄買いが「八品商」と呼ばれ、盗品を取り締まるため奉行所に帳簿を届けることまでが義務付けられている。

その意味で質屋は、庶民が手軽に利用する町の金融機関の顔と、奉行所の捜査に協力するもう一つの顔を持っていたといえる。浅草田原町で質屋「万屋」を営む藤十郎が、巨悪と戦うハードボイルド・タッチの捕物帳にして、町の片隅で懸命に生きる庶民の生活をリアルに描く人情ものとしても楽しめる本書『質屋藤十郎隠御用』は、まさに質屋を舞台にしなければ生まれなかった物語なのである。ちなみに、「万屋」は「将棋の駒形をした看板」を掲げているが、これは会所への登録が認められるともらえる江戸の質屋共通の商標で、将棋の駒は「歩いて入ると金になる」という判じ物である。

ワイドショーや情報番組では、質屋を訪れる客と店員の交渉がよく放映されているが、これは質屋が、傲慢な客には査定を厳しくし、本当に困っている人には情けをかける、人と人との〝縁〟で商売をしているからだろう。そのため、悪人には容赦しないが、弱き者には手をさしのべる藤十郎の活躍も、身近に感じられるように思える。

といっても、そこは、風の激しい日に災害を予防するため町を見廻る珍しい役職に着目した〈風烈廻り与力・青柳剣一郎〉や、平助、次助、佐助の三兄弟が、一人の岡っ引き「佐平次親分」として活躍する〈三人佐平次捕物帳〉など、一筋縄ではいかない書き下ろし時代小説のシリーズを手掛けている小杉健治のこと、本書は、ただ単に質屋の主人を探偵役にしているのではない。まず、主人公の藤十郎の存在が謎めいているのだ。

物語は、質屋に来そうもない身なりの良い女が、「万屋」に煙草入れを預けるところから始まる。女は身許を偽っていたが、質屋には駆け込み寺のような役目もあるという経営方針を採る藤十郎は、番頭の敏八に金を用立てるように命じるのである。

その直後、商家を廻っては小遣い銭を稼いでいる悪徳岡っ引きの吾平が「万屋」を訪ねてくる。吾平は、「万屋」に大身の旗本の用人らしき男が出入りしている事実を摑《つか》んでいて、藤十郎から袖の下を受け取るため、大金を必要とする旗本に貸す資金を、どこから調達しているのか探ろうとしていたのだ。「万屋」には、吾平がいうような〝裏の顔〟があるのか？　それが事実なら、藤十郎は何者で、何を目的としているのか？　主人公の正体を謎として設定したのも面白いが、敵役の吾平が一種の探偵となって執念深く真相に迫っていく展開にも、意表をつかれるのではないだろうか。

しかも、本書で起こる事件はこれだけではない。

女が「万屋」に煙草入れを質入れした頃、飾り職人の文吉は、二十両を持って女房のおけい、息子の長太のところに帰ろうとしていた。三年前、文吉は酒で失敗して妻子と別居、おけいは文吉の尻拭いをするため二十両の借金をしていたのだ。酒を断ち、仕事に励んで金を貯めた文吉は、これで家族とやり直せると考えていたが、十五両の借金を抱え自殺しようとしていたおさよに出会い、二十両を渡してしまう。おさよの夫・新太郎は、古着屋「松島屋」の跡取りだったが、親が反対するおさよと結婚したため実家とは絶縁状態にあった。新太郎は、小間物の行商人をしていたが、事故で骨折。その渦中に子供が生まれたこともあって、借金が嵩《かさ》んでいたのである。

ある日、文吉は、怪我をした男から巾着を託され、その中に「万屋」から煙草入れを引き出す質札が入っていたことで、巨大な陰謀に巻き込まれていく。男に手傷を負わしたのは誰で、煙草入れにはどんな秘密が隠されているのかというメインの謎に、別居中の文吉一家は元の鞘に収まるのか、新太郎一家と実家の関係はどうなるのかという市井の事件がからみ、さらに、新太郎と同じ長屋に住み、世話人を買って出ている鋳掛け屋の亀三とのかかわり、「万屋」をつけ狙う吾平が陰湿な罠を仕掛けたりするエピソードも加わり、物語は波乱万丈になっていく。

複数の事件が、ゆるやかにリンクしながら同時並行で進むだけに、最後までどこに着地するのか分からないスリリングな展開が楽しめるのではないだろうか。

文吉や亀三は、仕事への不満から深酒をすることもあれば、家族につらく当たることもあったが、それはアルコール依存やドメスティック・バイオレンスといった深刻な問題ではなく、魔が差してついやってしまった失敗とされている。息子との約束を守ろうとしたり、酒を呑むのを我慢したりと、作中で描かれる家庭の問題が現代とも共通するリアルなものばかりなので、失敗を乗り越え、信頼を回復しようと苦労している文吉たちに、我が身を重ねる読者（特に父親）も多いように思える。

だからこそ、スーパーヒーローとはほど遠い等身大のキャラクターたちが、ささやかな幸福を摑もうと懸命に努力する展開には、思わず目頭が熱くなるのではないだろうか。(少しネタバレになって恐縮だが)物語が進むにつれ、藤十郎が「金」を武器に泰平の世を守る極秘の任務を請け負っていることが分かってくる。本書の「隠御用」というタイトルも、藤十郎の〝裏の顔〟に由来しているのである。

時代小説に出てくる正義の味方といえば、金勘定には無頓着で、逆にあくどい手段で金を儲ける武家や商人を懲らしめるのが定番だった。これに対して著者は、従来のヒーロー像を一八〇度変える藤十郎を生み出した。それは、なぜなのか?

武士が金儲けを卑しんだ伝統が現在まで続いているためか、それとも平等を第一と考える国民性が影響してか、日本人は人並みを重視し、極端に金を稼ぐことを下品と考える傾向が強いように思える。この風潮は、長引く不況で所得格差が広がったことでより顕著になっているが、その反動か、あるいは閉塞感に苦しむ人が増えているためか、金儲けのためなら手段を選ばない強引な人間がもてはやされてもいる。本来なら、額に汗して生活費を稼ぐ方が、犯罪まがいの方法で大金を稼ぐよりも尊敬され、ブランド品に金を浪費するよりも、家族や社会のために使った方が有益なので、人間の真価は、どのような手段で金を稼いだのかや、どのように使ったかで判断される必要があるはずなのだが、現代はこうした価値観が揺らいでいる。

著者が、私利私欲のために大金をつぎ込んで実行された巨大な陰謀と、慎ましく生きている庶民の生活を同じ比重で描いたのは、巨悪の醜悪さをより際立たせ、そんな悪人が歯牙にもかけない僅かな金でも、人は幸福になれるという事実を示すためだったように思えてならない。そして、こうした展開は、日本人が過度に意識するあまり、本質が見えなくなっていた「金」とは何かを、先入観なしに考えて欲しいとのメッセージと受けとめるべきだろう。

金がなくても人は幸福になれる、愛さえあれば金は不要といった理想論に走らず、普通の社会生活を送るには「金」は必要という現実に即しながら社会的なテーマを描いた手法は、金と同じように本質はフラットで、使う人間によって善にも悪にもなる法律の世界に生きる弁護士や検事を探偵にした『絆』『疑惑』などの現代ミステリで、日本の法廷サスペンスを牽引してきた著者の面目躍如といえる。

誰もが、金は使いたいが金に使われたくないと考えているはずだが、それを実践するのは難しい。質屋という庶民のための金融機関を営み、「金」を武器に裏の仕事もしている藤十郎の行動原理と哲学は、どのようにすれば「金」に振り回されず、幸福な人生を送れるのか、そのヒントを与えてくれるのである。

さて、本書の最終章で藤十郎の素性は明かされるが、まだ背後関係までが十分に説明されたとはいい難い。それだけに、まだ謎に包まれた部分も多い藤十郎が、今後、どの